AF201327

Johannes Schmidtner

Aus der Asche des Phönix

Johannes Schmidtner

Aus der Asche
des Phönix

Bibliografische Information der Deutschen Nationalbibliothek:
Die Deutsche Nationalbibliothek verzeichnet diese Publikation in der
Deutschen Nationalbibliografie; detaillierte bibliografische Daten
sind im Internet über http://dnb.d-nb.de abrufbar.

© 2012 Johannes Schmidtner
Lektorat: Urte Knefeli
Umschlagfoto: Günther Ciupka
Umschlagdesign, Satz, Herstellung und Verlag:
BoD - Books on Demand, Norderstedt
ISBN 978-3-7460-6145-0

Inhalt

Prolog

In den vielen Begegnungen, die sich in meiner täglichen Arbeit im sozialen Bereich mit pubertierenden Jungen ergeben, findet sich ein immer wiederkehrendes Thema, das sich wie ein roter Faden durch alle Einzelschicksale zieht: das Bedürfnis nach einer eigenen Identität und Persönlichkeit!

Von Müttern geprägt und durch abwesende Väter ohne Vorbild gelassen, bestreiten sehr viele Jungen einen inneren und äußeren Kampf – mit dem Ziel, unabhängige und lebenskräftige Männer werden zu wollen.

Dieses Konfliktfeld der männlichen Identitätssuche inspirierte mich, einen Roman zu schreiben, der die einzelnen Lebensgeschichten junger Männer widerspiegelt. Er erzählt von Stolz, Wut, Ohnmacht, Angst, Versagen, Schuld, Scham und Vergebung – von Lebenskrisen und ihren Chancen.

Mütter leisten oft sehr gute Erziehungsarbeit, doch einem Sohn den Vater zu ersetzen, ist schwierig; vor allem für alleinerziehende Mütter. Aber auch Väter stellt das Leben nach einer Trennung sowie das Leben in Patchworkfamilien vor neue und große Lebensaufgaben.

In welchem Familienkontext auch immer Konflikte auftreten, meistens sucht man nach Lösungen und nach Schuldigen – doch beides führt in die falsche Richtung, denn in dieser Sackgasse beginnt Stillstand, beginnt Streit und Leid für alle Beteiligten. Konzepte, Analysen, Ratgeber über Erziehung und Beziehung gibt es viele – verzweifelte Versuche sie umzusetzen vermutlich auch.

Dem Wesentlichen im Wesen – der Empfindsamkeit – begegnet man nicht mit Kopf und Verstand, sondern mit Herz und Gefühl. Und genau von dieser Begegnung handelt mein Roman.

Im Februar 2012   Johannes Schmidtner

Zeit zu sterben

Es war nicht gerade angenehm, dieses Gefühl von nasskalter Verzweiflung. Dort stand ich nun, schluchzend die Hände vor mein Gesicht haltend; jammernd wie ein zurückgelassenes Lamm einer großen Herde. Die Welt hatte mich belogen, nachdem sie mir eine Kindheit lang vorgegaukelt hatte, dass es so etwas wie Liebe gibt. Dieser Wahnsinn und Irrglaube an das Gute schien in diesem Augenblick eine dem Zerplatzen preisgegebene Seifenblase zu sein. Meine Tränen der Enttäuschung vereinigten sich mit dem strömenden Herbstregen, der unablässig niederprasselte. Je mehr dieses Gefühl der Kälte meine Glieder durchdrang, desto mehr wurde mir bewusst, wie fest der Todesstachel mich durchdrungen hatte. Er steckte tief im Zentrum meiner Seele oder wie man diesen empfindsamen Bereich des menschlichen Wesens auch immer nennen wollte.

Der Schmerz quoll wie ein Strom dunkler Lava aus mir heraus. Dieses leidvolle Gefühl nahm alles mit, was sich jahrelang als Vorstellung einer heilen Welt eingenistet hatte. Alle positiven Aspekte meines bisherigen Daseins flossen dahin, ohne sich aufhalten zu lassen, sofern ich das überhaupt noch wollte. So stand ich da auf diesem Planeten: verlassen, verloren und ausgespuckt. Wie bin ich nur hierhin geraten? Wie konnte das geschehen?

Krampfhaft versuchte ich mich zu erinnern, suchte nach einem Fehler im verzweigten System meines Gehirns. Doch fand sich dort nur Leere; ein schwarzes Loch, das mit großer Saugkraft alle Hoffnungsgedanken verschluckt hatte. Dieser qualvolle innere Ort musste die Hölle sein, in die ich geraten war. Wahrlich, die Pforten meiner läuternden Unterwelt hatten sich geöffnet. Diese Hölle war nicht unter der Erde oder jenseits dessen, was man Leben nennt, sie war hier mitten in mein Leben getreten.

Und das Fegefeuer brannte lichterloh. Es loderte meine Kindheit zu einem großen Aschenhaufen zusammen, in dem meine kindliche Identität für immer verschwinden sollte.

Von nun an beschloss ein verletzter Junge, nie mehr zu lieben! Die Liebe war alles, an was er geglaubt hatte, und sie hatte ihn betrogen. Von nun an sollte sein Leben ohne diese Schwäche, ohne diese verwundbare Stelle in seiner Seelenlandschaft voranschreiten und er somit unverwundbar werden. Jetzt endlich war es so weit, mit diesem unnötigen Laster von Empfindsamkeit abzurechnen. Jetzt gab es endgültig einen Grund, erwachsen zu werden und den letzten Glauben an eine gerechte Welt zu begraben. Und der Junge begrub ihn hier, an dieser Stelle des Unglücks.

So war aus einem Spaziergang mit meiner ersten großen Liebe ein Begräbnis meiner Kindheit geworden. Genauso schnell, wie uns der Herbstregen überraschte, so plötzlich überraschte mich der Tod. Man stirbt eben immer »jetzt« und trotz aller Kontrolle plötzlich, sonst hätte ich mir wahrscheinlich ein anderes Wetter ausgesucht als dieses. Nachdem ich mich endlich beruhigt hatte; besser gesagt keine einzige Träne mehr in mir vorhanden war, sah ich dem Mädchen ins Gesicht. Unzählige Mal war von dort die Sonne aufgegangen, wenn ihr Lächeln als Botschaft liebevoller Zuneigung ihren Küssen vorauseilte. Doch diesmal ging sie unter, und das für immer. Gedankenfetzen durchzuckten mein Gehirn, das langsam wieder seine Arbeit aufnahm und mir Erinnerungen in Form innerer Bilder präsentierte.

Dieser Funke in den Augen, dieses Licht, das alle Herzen entzündet, dieser Glanz, der dich blendet und dich in himmlische Welten trägt – sie hatte ihn. Wir wohnten im gleichen Dorf, besuchten die gleiche Schule und waren uns vertraut. Trotzdem hatte es zwischen uns nie das Gefühl einer besonderen Anziehung gegeben.

Doch an diesem einmaligen Tag schien wohl die Sonne etwas heller und die Vögel zwitscherten etwas lauter als sonst. Es scheint eben Tage zu geben, an denen die Tür zum Herzen offener steht als an anderen. Und so entzündete sich, im Funkenflug eines Blickes, das Strohfeuer meiner ersten großen Liebe.

Alles brannte lichterloh, als sie zufällig, oder wie man solche Schicksalsbegebenheiten eben nennt, mit ihrem Fahrrad an mir vorüberfuhr und lächelte. Ihr Pfeil hatte mich erwischt! Treffsicher, wie Amors Pfeile eben sind. Spätestens, als ich keinen Hunger mehr hatte, nicht mehr klar denken konnte, an jede kleine Ecke stieß, wurde mir bewusst, dass etwas Außergewöhnliches geschehen sein musste. Dieses Etwas lag in der Bauchgegend und fühlte sich an wie ein verschluckter Springball, der mit meinen Magenwänden Pingpong spielte.

Die erste große Liebe ist der Blitz, der nur einmal einschlägt, ist der Schmetterling, der nur einmal schlüpft, ist die Rose, die nur einmal blüht. Alles, was danach folgt, ist nicht weniger wert, oft sogar mehr, doch besitzt es nicht diese unschuldige Qualität einer Erstgeburt. Ein Glücksfall dieses Leben, so schien es. Kein Tag verging, ohne sie zu sehen, keine Stunde, ohne den Wunsch sie anzurufen, keine Sekunde, ohne an sie zu denken.

Diese Begierden offenbaren sich erst jetzt, als mein kindliches Wesen im Hexenkessel der Pubertät zu kochen begonnen hatte. Zuvor wären sicherlich ebenfalls genügend Möglichkeiten vorhanden gewesen, sich dermaßen blind zu verlieben. Doch gab es scheinbar noch etwas anderes – das »gewisse Etwas«, den sogenannten »Blitz aus heiterem Himmel«, das für solche außergewöhnlichen Ereignisse zuständig sein musste. War es vielleicht das, was für jene gigantischen Fügungen verantwortlich war, die ganze Welten erschufen und wieder vergehen ließen; so wie auch bei mir.

Gerade drei Monate waren vergangen, als die eben erst begonnene Zeit der Romantik sich schon wieder zum Abschied anschickte. Wie ein Engel, der für seinen unaufhaltsamen Weiterflug ins Glück seine Flügel ausgebreitet hatte, stand sie im stärker werdenden Regen vor mir. Die Tränen in ihren Augen vermittelten jedoch die leise Hoffnung, dass der Schicksalsvogel seine Reise vielleicht noch verschieben könnte. Doch das tat er nicht. Nach einer scheinbar nie endenden Stille sagte sie: »Ich mache Schluss! Frag mich bitte nicht warum, ich weiß es selbst nicht so genau. Vielleicht vermisse ich einfach nur meine Freiheit. Sei mir bitte nicht böse, Thomas.« Wir umarmten uns, während der Himmel nun endgültig seine Schleusen geöffnet hatte. Zum letzten Mal spürte ich ihre Wangen, zum letzten Mal ihren zarten Körper und ihre Hand auf meinem Rücken. »Wir werden immer Freunde bleiben«, flüsterte sie mir tröstend ins Ohr.

Doch meine Fühler waren bereits eingezogen; nahmen nur noch ein Rauschen einer fernen vergangenen Welt wahr, aus der heraus sich meine Gefühlswelt für den bevorstehenden Prozess ihrer »Verpuppung« langsam zu versiegeln schien. Es wurde kalt. Ich begann zu frieren; äußerlich und innerlich. Der Traum war zu Ende! Das letzte Küsschen, bevor wir nach Hause liefen, den Pullover über den Kopf gezogen; schnatternd und fröstelnd.

An diesem Tag des Unglücks zerbrach meine naive heile Welt in tausend Stücke. Der Schmetterling fliegt nicht ewig und auch die schönste Rose verblüht. Aber sollte es mit der Liebe auch so sein? An diesem schrecklichen Tag glaubte ich fest daran. Liebe schien nichts anderes zu sein als Zeitverschwendung, Lüge und Illusion. Was nicht ewig ist, lohnt sich nicht zu leben. Das beschloss ich an diesem Tag der Finsternis und verkaufte mein Herz an die Vernunft. Die Nacht verschlang diesen schicksalhaften Oktobertag und mich mit dazu.

Liebeskummer und Fieberträume

Nachdem das Haus abgebrannt, nachdem die vernichtenden Flammen ihres Futters beraubt, nachdem es nichts mehr gibt, was sterben kann, folgt die große Stille. Nachdem die Buschfeuer sich legen, die Asche das Land bedeckt, kriecht das verschreckte Erdhörnchen aus seiner Höhle. Es guckt um sich und findet nichts mehr: Alles ist tot. Alles Leben ausgelöscht! Es öffnet die Augen weiter als je zuvor, um zu sehen. Es spitzt die Ohren mehr als je zuvor, um zu hören. Alles Bekannte ist weg und Neues noch nicht vorhanden.

Ich lag in meinem Bett, der Wecker hatte seine Pflicht getan und mich in den Wachzustand versetzt. Schlaftrunken spürte ich langsam, dass sich eine große innere Hitze in mir ausgebreitet hatte. Das Bett war verschwitzt, die Nase kribbelte, ich war krank. Das kam mir gerade recht. Die Vorbereitung für die Mathematikschulaufgabe war ohnehin alles andere als erfolgversprechend. Und nach solch einem Tag wie gestern gab es nur eines: Augen zu und vergessen! Meine Mutter, der Ersatzwecker, klopfte wie jeden Morgen an meine Tür. »Ich bin krank«, knurrte ich unter meiner Bettdecke hervor.

Bald darauf stand sie im Zimmer, gab mir eine Wärmflasche, stellte einen heißen Zitronentee aufs Nachtkästchen und gab mir den Rat, nochmals zu schlafen. Ein guter Rat, den ich sofort befolgte.

Langsam glitt mein Bewusstsein ins Land der unbegrenzten Möglichkeiten, in die Traumwelt, hinüber. Leider wurde ich darauf nicht vorbereitet, so wie immer. Man möchte schlafen, sich erholen, doch schnell hat man das nächste Problem, die nächste Illusion am Hals.

Die Sonne stand hoch am Himmel, senkrecht über uns. Wir hielten unsere Hände und gingen gemeinsam einen schier endlosen Weg, der links und rechts mit hohen Veilchen eingerahmt war. Solche hohen Veilchen hatte ich bisher nie gesehen, sie waren wunderbar, wie auch das Gefühl in meinem Bauch. Sie lächelte mich an, strich mit ihrer freien Hand über das blaue Veilchenmeer und sang ein solch liebliches Lied, wozu normalerweise nur Engel fähig sind.

Unter unseren Füßen wurde es immer weicher, bald spürte ich keinen Kontakt mehr zum Boden. Dieses ungewohnte Gefühl veranlasste mich, einen Blick nach unten zu werfen. Überall Wasser, auch vor uns und neben uns. Das Veilchenmeer hatte sich in ein echtes Meer verwandelt, über das wir schwebend hinwegglitten. Ein himmlisches Gefühl der Schwerelosigkeit und der Unendlichkeit. Wenn es so etwas wie Einssein gibt, dann war es das!

Ob wir Stunden, Tage oder ein Leben lang unterwegs waren, ich wusste es nicht. Vor uns zog ein Gewitter auf, dunkle Wolken am Horizont. Kein Land war in Sicht. Mich überfiel panische Angst. Meine Füße wurden nass und versanken langsam immer mehr im Wasser. Sie ließ meine Hand los, blickte mir traurig in die Augen und ging weiter, einfach weiter. Sie schwebte dahin und verschwand am Horizont.

Das stille Meer hatte sich in ein tosendes Ungetüm verwandelt. Die Wellen begruben mich unter sich. Ich zappelte und schrie um Hilfe. Doch irgendwie kam kein Ton heraus, nur leises Stöhnen.

Dieses Stöhnen reichte jedoch, um meine Mutter ins Zimmer zu rufen. Das Bett war schon wieder verschwitzt. Das nasse Gefühl des Traumes hatte offenbar in der Wachwelt seine Spuren hinterlassen. Besorgt setzte sie sich an den Bettrand und wischte mir den Schweiß von der Stirn. »Was ist los, Thomas«, fragte sie mit leiser Stimme. Noch halb in der Traumwelt verhaftet, schrie ich sie plötzlich an: »Mein Name ist Tom!« Erschrocken blickte sie mir in die Augen, holte das Fieberthermometer und stellte

14

fast beruhigend fest, dass ich hohes Fieber hatte. Aggression aus dem Mund ihres Sohnes war ihr überaus fremd. »Ich werde den Arzt anrufen, Thomas«, sagte sie, während sie das Zimmer verließ. Der Aufschrei: »Mein Name ist Tom«, erschreckte mich fast mehr als sie. So etwas hatte ich sechzehn Jahre weder gedacht noch gesprochen. Es gab niemals einen Zweifel in mir, dass Thomas der passende Name für mich war. Im Gegenteil, ich war mächtig stolz darauf. Wahrscheinlich hatte das Fieber meine Sinne verwirrt und es war wirklich das Beste, den Arzt zu holen.

Dieser stand bald darauf mit einem schweren, schwarzen Koffer vor meinem Bett. »Influenza«, murmelte er, worauf ich mich nun richtig krank fühlte. Brav wie immer schlürfte ich die Medizin und schlief bald darauf wieder ein. Diese Prozedur des Schlürfens und Schlafens und Träumens wiederholte sich noch vier Tage, bevor ich wieder zur Schule gehen konnte.

Auf dem Weg zum Bus kroch ein seltsames Gefühl von Unbehagen an meinen Magenwänden entlang. Das war er also, dieser viel beschriebene Liebeskummer. Die Bereitschaft, positiv zu denken, war in weite Ferne gerückt. Jetzt in die Schule zu gehen war wirklich das Unsinnigste, was man in solch einem Augenblick tun sollte, so kam es mir jedenfalls vor. Endzeitstimmung war angesagt und floss wie schleichendes Gift durch meine Adern. Irgendwie wollte mich dieser quälende Zustand aber noch an etwas anderes erinnern! Vermutlich an diesen undurchsichtigen Traum, den meine Krankheit mitunter noch hervorbrachte, bei dem ein weinender Junge jemandem nachlief, der einfach nicht stehenbleiben wollte.

Wie benommen schlenderte ich zur Bushaltestelle. Wer war dieser Junge eigentlich, wem lief er nach und warum weinte er? Viele Fragen tauchten auf und suchten nach Antworten, die sich erst später ergeben sollten, wohingegen sich die Frage, ob ich die Schule schwänzen sollte oder nicht, bereits geklärt hatte.

Ich war wie immer zu feige! So nahm der Tag seinen üblichen Verlauf.

Die Zeit bis zu den Weihnachtsferien verlief zäh – Spätherbstwetter! Regen und Wind fesselten mich an den Fernseher. Meine Mutter zeigte sich nicht gerade begeistert über meinen Einfallsreichtum an Freizeitaktivität. Doch Kummer hemmt jeden Antrieb, das wurde mir deutlich bewusst.

Immer mal wieder, meistens kurz vor dem Einschlafen, schielte die Erinnerung an den kleinen Jungen um die Ecken meiner Gehirnwindungen, um ja nicht in Vergessenheit zu geraten. Irgendetwas hinderte mich jedoch daran, mit jemandem darüber zu sprechen.

Freundschaft in Sicht

Die Tage und Monate vergingen. Bald kehrte wieder Normalität in mein Dasein. Und als die ersten Frühlingswinde den Winter schmelzen ließen, schmolz zugleich auch meine depressive Stimmung dahin. Sprudelndes Leben kehrte in mich ein – wie nie zuvor. In der Schule lief es blendend, der neue Freund meiner Mutter war endlich nicht mehr so spießig wie die vorherigen, und die Mädchen begannen wieder interessant zu werden.

Doch was letztendlich dieses Frühlingslüftchen zu einem Sturm werden ließ, der ein Jahr lang über meine Seelenlandschaft hinwegfegen sollte, war ein Junge aus meiner Klasse. Huck war ein sogenannter Ausländer, einer, dessen Leben in Polen begonnen hatte. Seine ganze Familie, und dazu gehörten auch Oma und Opa, siedelten nach Norddeutschland über, als er zehn Jahre alt war. In kürzester Zeit lernte er die hiesige Sprache; zwar mit etwas Akzent, aber nach meiner Ansicht überaus verständlich. Nachdem sein Vater in der nahen Stadt eine Stelle als Betreuer in einem Kinderheim gefunden hatte, landete er bei uns.

Er war noch nicht lange in unserer Klasse, da war allen klar, dass Huck von einem weit entfernten Stern gefallen sein musste. Polen konnte es nicht sein, das lag gleich nebenan! Nein, dieser Typ hatte wirklich außerirdische Verhaltensweisen, woher sie auch immer kamen. Er hinterfragte alles und jedes, als ob er auf der Suche nach etwas Geheimnisvollem gewesen wäre, etwas Außergewöhnlichem.

Wir lernten in der Schule hauptsächlich der Noten wegen, um zu Hause keinen Ärger zu bekommen. Wirkliches Interesse hatten die Wenigsten von uns. Huck hingegen wollte es wirklich wissen. Er wollte nicht nur wissen, wann die erste Atombombe gezündet worden war, sondern wer sie gebaut hatte und warum und ob es ein Mann gewesen war oder eine Frau und ob er Kinder gehabt hatte. Und überhaupt konnte er sich nicht vorstellen, wie winzige Atome so viel Energie beinhalten können, um solche Zerstörungen anzurichten. Diese Frage stellte er den Lehrern immer und immer wieder und bekam keine für ihn zufriedenstellende Antwort.

Huck war für uns der Alleinunterhalter, von dem man nie genau wusste, ob es Intelligenz war, aus der seine Fragen entsprangen, oder nur die Laune einer gewissen Naivität. Er wirkte wie ein Gaukler am Königshof, der sich bewusst als Blödian darzustellen vermochte, um dann zum richtigen Zeitpunkt mit einem Überraschungseffekt die höchste Wirkung zu erzielen; und so sein Ziel erreichte.

Hucks Charisma war getränkt mit Fantasie, Scharfsinn und Lebenskraft. Er verbreitete unsichtbare Wellen um sich mit dem Motto: »Lasst euch nicht täuschen, wacht endlich auf von eurer Trägheit und Arroganz, das Leben ist viel tiefer, als ihr denkt!« Ja, durch ihn erahnte ich zum ersten Mal die wahre Kapazität des menschlichen Geistes. Ein Geist, der nicht nur im uralten Sumpf des Wissens wühlte, sondern in den Lüften der Kreativität nach Wahrheiten suchte, die es nur dort zu finden gab.

Nachdem er drei Wochen bei uns war, stellte unser Lehrer Herr Kornprobst in den Schulakten fest, dass er eigentlich Karol Schlebrowski heißen müsse und nicht Huck Schlebrowski. Diesen falschen Namen – für ihn war er natürlich der richtige – hatte er Herrn Kornprobst mit überzeugender Selbstverständlichkeit am ersten Schultag präsentiert. Als der ihn darauf ansprach, meinte er flapsig: »Na gut, wenn sie wollen, Karol ist auch in Ordnung.« Für diese Antwort hätte er beinahe einen Verweis kassiert, doch ließ der Lehrer noch einmal Gnade walten. Einen Gaukler umgibt eben die Aura einer gewissen Immunität.

Dieser Karol hatte es geschafft, alle an der Nase herumzuführen und sich einfach so zu nennen, wie er wollte. Und letztlich hatte er es auch geschafft, dass sein Name bei uns Mitschülern weiterhin Huck blieb, weil sich niemand von uns vorstellen konnte, dass dieses Schlitzohr einfach nur Karol heißen sollte.

Sobald der Unterricht vorbei war, richtete sich sein Interesse auf alltägliche Dinge. So dauerte es nicht lange, da fragte er mich in einer der Pausen, wieso ich denn so gut gelaunt sei, er hätte sich doch beinahe an meinen Winterfrust gewöhnen können. Dabei schmunzelte er vor sich hin.

»Ach, ich hatte Liebeskummer, weißt du, und überhaupt fand ich das Leben, milde gesagt, beschissen.« Und da war es auch schon draußen, dieses derbe Wort, das ich laut meiner Mutter nie verwenden sollte. Perplex von der eigenen Entgleisung, die vom Meeresgrund meiner verdrängten Psyche wie eine Fontäne an die Oberfläche schoss, versuchte sich meine Verlegenheit mit einem breiten Grinsen aus der prekären Affäre zu ziehen. Doch es war zu spät! Huck lachte laut, er lachte so laut, dass noch andere auf unser Gespräch aufmerksam wurden. Meine Röte im Gesicht glich einem sehr reifen Apfel, der gleich im nächsten Augenblick vom Baum fallen würde.

»Dieser Blödmann«, dachte ich, »wieso fragt er mich so mitfühlend und dann lacht er mich aus? Ein Gaukler eben und dazu noch ein Ausländer«, schoss die Wut in mir hoch und hätte beinahe gereicht, einen direkten Kampf einzugehen, aber nur beinahe. Dazu war ich aber wieder einmal zu feige.

»Dass du mich auslachst, gefällt mir gar nicht«, sagte ich. Dieser Satz war der Funke, der Huck in Ekstase versetzte. Er krümmte sich vor Lachen, als ob er gerade den besten deutschen Witz seines Lebens gehört hätte. »Entschuldige, entschuldige«, stotterte er während einer seiner kurzen Lachpausen. Ich hatte inzwischen unausweichlich die Revolverheldstellung eingenommen, um im passenden Augenblick den Todesschuss abgeben zu können; zugleich in der Hoffnung, dass es nicht so weit käme.

Mittlerweile hatten sich noch andere Mitschüler um uns geschart, wie Schaulustige bei einem Unfall, um ihren Hunger nach Drama zu stillen. Huck erkannte, was er mit seinem Lachen ausgelöst hatte, schnalzte mit grimmiger Miene ein paar polnische Schimpfwörter in die gierige Menge, die zwar niemand verstand, doch die Situation war geklärt. Die Traube der Statisten aus diesem inszenierten Westernfilm löste sich wie durch ein Wunder in Nichts auf. Alle gingen zum »Saloon«, der in diesem Fall der Schulkiosk war.

Ich hatte kaum Zeit, darüber nachzudenken, wie es möglich sein konnte, mit unverständlichen Wörtern eine solche Wirkung zu erzielen. Nachdem die Hühnerschar vertrieben war, wandte sich Huck der scheinbar todgeweihten Gans zu. Sein ernster und doch liebevoller Blick drang tief in mich ein. Fast wollte ich mich aus Angst für meine provozierende Haltung entschuldigen, da meinte er: »Ich kann deine Gefühle gut verstehen. Aber komm schon, Alter, sei doch einfach mal locker. Beschissen zu sagen, macht doch Spaß, da kuckt man doch nicht wie ein reumütiger Hund, der in die Ecke gemacht hat.«

Bei diesen Worten funkelten seine verschmitzten Augen. Ob nun dieses Funkeln oder seine Worte meine Röte im Gesicht zu einem dunklen Purpur werden ließ und der überreife Apfel endlich vom Baum fiel, weiß ich bis heute nicht. Jedenfalls war ich einem Menschen begegnet, der meine Seele zutiefst berührte; zwar nicht unbedingt angenehm, aber unmittelbar und erweckend. Bis zu diesem Zeitpunkt war mir nicht bewusst, dass ich keinen wirklichen Freund hatte, nur alltägliche Bekannte und Schulkameraden.

Jetzt schien die Morgenröte an meinem Gemütshimmel einen besonderen Tag anzukündigen, eine Vorahnung einer besonderen Zeit. Vielleicht eine wahre Freundschaft!

* * *

»Papa, weißt du, wo Großvater ist?«

»Hallo, guten Morgen, Joshua. Ja, er ist zum Fischen ans Meer hinuntergegangen. Er wartet bereits auf dich. Einen Moment, ich höre gleich auf zu schreiben, dann bring ich dich zu ihm.«

Wenn ich so aus dem Fenster blicke und das Meer vor mir sehe, höre ich Hucks Worte in mir klingen. Vielleicht ist er irgendwo da draußen und sein Traum hat sich wirklich erfüllt. »Eines Tages werde ich Seemann«, sagte er, meistens dann, wenn wir nachts den Sternenhimmel betrachteten und philosophierten.

»Weißt du, Tom«, träumte er dann vor sich hin, »die Heimat eines Seemanns ist das Meer. Ich liebe das Meer. Jeden Tag habe ich es gesehen, als wir noch in Polen lebten und direkt an der Küste wohnten. Es wird immer meine Heimat bleiben. Schon als kleiner Junge, als mein Großvater mich zum Fischen mitnahm, entstand der Wunsch, Seefahrer zu werden, und daran hat sich bis heute nichts geändert.«

Irgendwie ist das verrückt. Gleich gehe ich mit meinem Jungen zu seinem Großvater. Im Grunde ändert sich nichts, obwohl alles anders wird. Gestern war es Huck, der mit seinem Großvater fischen ging, und heute ist es mein Sohn. Wer wird es morgen sein? Die Geschichten des Lebens scheinen sich mehr zu ähneln, als man denkt.

»Papa, komm jetzt endlich, Großvater wartet doch schon auf mich!«

* * *

Die Taufe

War ich vorher »mädchenblind« gewesen oder waren sie wirklich nicht da? Über diesen Vorgang haben sich sicherlich schon viele Menschen den Kopf zerbrochen. Es gibt Dinge, die man einfach nicht wahrnimmt, nicht weil sie nicht vorhanden sind, sondern weil man sie schlichtweg übersieht. Man ist nicht darauf ausgerichtet, hat seine Sensoren auf etwas Anderes eingestellt. Ein kleiner Dreh am Radio und schon kommt andere Musik heraus. Ein kleiner Dreh in meiner Art zu schauen und schon befinde ich mich in einer anderen Welt oder sie in mir. Scheinbar hatte Huck meinen Sender verstellt oder er konnte zaubern, irgendetwas hatte sich verändert. Auf der Frequenz von »Radio Leichtigkeit« lebte es sich auf jeden Fall sehr viel beschwingter, und beim Flirten stiegen die Erfolgsaussichten auf über achtzig Prozent.

Es war eine wunderbare Zeit, die ich mit Huck erleben durfte. Nicht nur er faszinierte mich, auch ich war es, der ihn faszinierte. Es ist eben nicht nur der Patient, der den Arzt braucht, sondern auch umgekehrt. Ohne Patienten gäbe es keine Ärzte. Sie wären völlig überflüssig. Und wie schrecklich kann es sein, überflüssig zu sein. Somit gibt der Patient dem Arzt eine Identität, die diesen glücklich macht. Und der Arzt gibt dem Patienten seine Gesundheit, was diesen wiederum glücklich machen kann. Beide gehören zusammen und letztendlich stellt sich die Frage, wer effektiv wem etwas gibt.

Heute weiß ich, dass Huck durch mich angeregt wurde, tiefer in seine Intuition einzutauchen, als er es jemals getan hatte. Ich hörte ihm zu, lernte viel, war neugierig und bewunderte ihn. Somit entfalteten sich in ihm Fähigkeiten, die alleine durch meine Schwächen hervorgerufen wurden. Meine Schwächen machten ihn stark. Ich war es, der demjenigen Stärke verlieh, den ich gerade wegen seiner Stärke bewunderte. Huck und ich wussten von solchen psychologischen Konstellationen zu diesem Zeitpunkt nichts. Unsere Freundschaft verlief ohne dieses Wissen ebenso gut oder eben gerade deshalb.

Eine Frage stellte ich mir trotzdem: »Was ist Schicksal?« Hätte ich keinen Liebeskummer gehabt, hätte er mich nicht angesprochen, hätte es keine Freundschaft gegeben. Oder vielleicht doch? Wäre sie auf einem anderen Weg zustande gekommen und musste sich erfüllen, weil sie in den Sternen stand? Gehörte Huck zu meinem Lebensweg und war es unmöglich, ihm zu entgehen? Wo war hier der eigene Wille? Gab es ihn überhaupt? Steckte hinter diesem Leben ein tieferer Sinn, eine Logik? Die Neugierde, Antworten auf diese Fragen zu bekommen, steigerte sich täglich.

»He, Thomas«, flapste mich Huck überraschend bei einem der vielen Streifzüge auf den waldigen Hügeln unseres Dorfes einmal an. »Bist du eigentlich schon getauft?«

Was war das wieder für eine außerirdische Frage, dachte ich.

»Natürlich, fast jeder hier ist getauft. Weißt du nicht, wo du dich befindest?«, antwortete ich. »Hier herrscht absoluter Katholizismus, so wie bei euch in Polen.«

»Ich glaube nicht, dass du wirklich getauft bist«, sagte Huck, »ich glaube, dass fast niemand richtig getauft ist.«

»Was soll das denn wieder? Komm, leg schon los, was willst du mir sagen?«

Ich hasste es, wenn er diese Art von Spannung aufbaute. Manchmal dauerte es Stunden, bis er mich so weit hatte, dass ich vor Neugier zu platzen drohte.

Dabei kam ich mir vor wie ein Esel, der mit einer Karotte über eine Brücke gelockt wird, um ihm zu zeigen, dass es jenseits des Flusses auch noch etwas zu fressen gibt. Vielleicht ist das manchmal wirklich notwendig, um seinen Horizont zu erweitern. Freiwillig würde man vieles vielleicht nie tun. Ein Außerirdischer wie Huck mit seinen paradoxen Methoden war für diesen Zweck wirklich sehr gut geeignet; ein perfekter Eseltreiber sozusagen.

»Weißt du, wer mich getauft hat?«, begann er schließlich mit der Auflösung seiner eigenen Frage. »Es war mein Vater, als wir miteinander am Strand beim Lagerfeuer saßen. Wir waren gerade dabei uns Fische zu braten. Es war die Zeit, kurz bevor wir nach Deutschland zogen.

›Karol‹, sagte mein Vater mit feierlicher Stimme, ›es ist Zeit, dass du dir überlegst, wie du heißen möchtest.‹

›Wie ich heißen möchte?‹, fragte ich verwundert, ›ich habe doch bereits einen Namen.‹

›Diesen Namen hast du für die Zeit deiner Kindheit bekommen‹, meinte er, ›bald wirst du dich zum Mann entwickeln, dann brauchst du einen neuen Namen.‹

›Wieso, was meinst du damit?‹,wollte ich wissen.

›Es gab und gibt viele Kulturen‹, begann er zu erzählen, ›da ist es üblich, die Jungen in einem bestimmten Alter zu initiieren. Das bedeutet herauszufinden, welche Begabungen sie haben, worin sie geschickt sind. Das kann sportlich sein, intellektuell, intuitiv oder handwerklich. In dieser Zeit leben die Jungen bei den Vätern und werden in das Leben eines erwachsenen Mannes eingeführt. Dabei bekommen sie einen neuen Namen.

Hier in Europa war das sicherlich auch mal so, vielleicht als die Völker noch ursprünglicher waren. Mittlerweile ist dies in Vergessenheit geraten und viele würden es für verrückt halten, plötzlich einen neuen Namen zu bekommen. Bei den Indianern hieß man zum Beispiel »Schneller Pfeil«, wenn man schnell laufen konnte oder »Schlauer Fuchs«, wenn man immer Rat wusste. Vielleicht ist der sogenannte Spitzname, den man manchmal bekommt, ob man will oder nicht, ein Überbleibsel aus vergangenen Kulturen. Leider wird damit auch viel Unfug getrieben, es werden Menschen damit beleidigt oder gemobbt. Doch glücklicherweise gibt es auch respektvolle Spitznamen, die einen ein Leben lang begleiten, weil sie teilweise passender sind als der Name, den einem die Eltern gegeben haben und den man zu einem Zeitpunkt erhalten hat, als noch niemand vorhersehen konnte, welche Charaktereigenschaften unsere Persönlichkeit tatsächlich in sich trägt.‹«

Was für ein Vater! Ich konnte kaum mehr atmen. So etwas Verrücktes hatte ich noch nie gehört. Es traf mich mitten ins Herz. Plötzlich sah ich die drei Worte vor mir, die ich vor einigen Monaten herausschrie, als ich krank war: Ich heiße Tom! Das konnte doch nicht wahr sein. Wie war das möglich? Steckte diese Initiation in unseren Genen? Etwas hatte mir einen Namen gegeben und das noch im Halbschlaf. Ich hatte diesen Namen aus der Traumwelt herübergebracht, ohne zu wissen wie und weshalb. Jetzt konnte ich einen Bezug dazu herstellen und war mir sicher: So wollte ich heißen!

»Huck, Huck«, überschlugen sich meine Worte, »weißt du, wie ich heißen möchte?«

»Hoi, hoi«, brummte der Eseltreiber vor sich hin. »Das hat wohl gezündet«, kicherte er noch hinterdrein. »Na, wie willst du heißen? Vielleicht Pumuckl, dann bin ich Meister Eder, haha.«

»Sehr witzig, Huck, wirklich sehr witzig«, entgegnete ich mit ironischem Unterton. »Nein, mein Name ist Tom.« Das sagte ich mit ernster und bestimmter Miene.

»Gut, Tom Sawyer, dann kann es losgehen. Ich bin nämlich Huckleberry Finn. So, jetzt kennst du das Geheimnis meines Namens.«

Lange noch sprudelten die spitzfindigsten Ideen aus unseren Köpfen für den Schlachtplan der kommenden Zeit von Tom

Sawyer und Huckleberry Finn. Wenn es schon keine Gerechtigkeit mehr auf dieser Welt gab, dann wurde es Zeit, dass wir sie schufen. Und außerdem brauchte unser Dorf zwei mutige Agenten, die vor nichts zurückschreckten. So ernannten wir uns selbst zu den Hütern der Gerechtigkeit, die natürlich nur »under cover« arbeiten wollten, das heißt unerkannt und bei Nacht und Nebel.

Der Nachmittag verging wie im Flug. »Ciao, Thomas, ich muss jetzt los«, verabschiedete sich Huck spitzbübisch von mir.

»Warte, warte, du hast mir noch nicht erzählt, wie dich dein Vater getauft hat«.

»Bist du doof oder was? Huck natürlich«, antwortete er hart, aber herzlich und kicherte dabei, als ob er genau wüsste, was mit meiner Frage gemeint war.

Dieser Witz hätte vor einiger Zeit die verletzliche Schnecke in ihr Schneckenhaus verscheucht, doch jetzt blieb sie unbeeindruckt vor ihrem Häuschen und fragte keck: »Sag schon, wie hat er dich getauft?«

»Ich musste barfüßig übers Lagerfeuer springen, als Mutprobe, das war alles. Wichtig ist, dass dein Vater dieses Feuer macht. Auch die Höhe des Feuers bestimmt er. Ich hätte mir jedenfalls beinahe die Füße verbrannt. Ciao, bis morgen!«

»Der hat gut reden«, dachte ich, »erst einmal einen Vater haben.«

»Ach, noch was, Thomas«, rief er im Weggehen. »Ich werde dich in Zukunft Tom nennen, solange du noch nicht getauft bist; so eine Art Probelauf für Anfänger. So kannst du feststellen, ob dir dein Name auch wirklich gefällt.«

Dieser Huck versetzte mich stets aufs Neue in Erstaunen. Entweder war er ein Hellseher oder alles war Zufall? Ich hatte das Thema Vater bisher erfolgreich umschifft. War der Probelauf für Anfänger ein Scherz oder eine liebevolle Geste, nachdem er vielleicht gespürt hatte, was ich dachte? Zutrauen konnte man ihm alles! Bei Gelegenheit würde ich ihn danach fragen, das stand fest.

* * *

»Hallo, Papa, wir sind wieder da. Großvater und ich haben drei Fische für das Mittagessen gefangen.«

»Toll, Joshua, komm her, setz dich auf meinen Schoß.«

»Papa, was schreibst du eigentlich für eine Geschichte? So etwas wie Harry Potter?«

»Nein, mein Sohn, eigentlich nicht, außer dass darin der Phönix vorkommt.«

»Dann wirst du sicherlich berühmt, denn der Phönix bringt Glück, das weiß ich. Ich gehe jetzt Großvater in der Küche helfen, tschüss.«

Als ich das Fenster öffne und die Wellen rauschen höre, die sich an den schroffen Klippen brechen, ergreifen mich unzählige Gedankenbilder aus meiner Erinnerungswelt und tragen mich zurück an den Ort, den ich lange Zeit meine Heimat nannte.

* * *

In dem Dorf, in dem wir wohnten, wo jeder jeden kannte, wo nichts verborgen blieb, wo kaum etwas Außergewöhnliches geschah, brachen sich auch die Wellen, stießen sich diejenigen die Hörner ab, die etwas Neues in den verstaubten Alltag bringen wollten. Es war also eine gute Abwechslung, als Familie Schlebrowski ins Gemeindehaus einzog. Zuerst reagierten alle wie immer, wenn etwas Neues geschah – vorsichtig und ablehnend. Jeder wusste von vornherein, dass diese Familie wenig Geld haben musste. Ins Gemeindehaus kamen nur sozial schwache Familien, es war sozusagen das Armenhaus der Neuzeit. Jede Gemeinde hatte die Pflicht, eine Anzahl solcher Bedürftigen unterzubringen. Dass viele dieser Menschen jedoch einiges an Leid hinter sich hatten und dadurch auch Reife und Persönlichkeit besaßen, interessierte niemanden.

Ungewöhnlich für die Dorfbewohner war es, dass Herr Schlebrowski sein Geld mit vernünftiger Arbeit verdiente. Glaubte man dem Geschwätz einiger Besserwisser, so würde er sicher nach einigen Tagen, wie alle anderen von dieser »Sorte«, bald als Arbeitsloser staatliche Unterstützung benötigen. Die Gerüchteküche des Dorfes hatte noch weitere gemeine Zutaten auf Lager, die jedoch bald aufgebraucht waren, da Familie Schlebrowski aus Polen nicht nur den gesamten Haushalt mitgebracht hatte, sondern auch eine ganze Portion Freundlichkeit.

Bald schon sprang der Funke über, und sie waren aufgenommen. Natürlich nur aus Großzügigkeit der ortsansässigen Ureinwohner, die einen Rest an Abneigung immer als Reserve übrig ließen. Zu viel Vertrauen verleiht wohl zu viel Macht, und die gestand man den Neuankömmlingen letztendlich doch nicht zu.

Nun waren sie bereits ein halbes Jahr hier, zu meinem Glück, denn sie zeigten mir, was eine echte Familie war, jedenfalls wenn man das nach der Vollständigkeit der Familienmitglieder bewerten wollte. Dazu gehörten ein »echter« Vater, eine Mutter, Großvater und Großmutter, Schwestern und Brüder. Ich hatte von alldem nur eine Mutter. Für mich war das im Vergleich zur Familie Schlebrowski sehr erbärmlich. Warum das Leben so ungerecht war, wollte und konnte ich einfach nicht verstehen.

Dass man Schwierigkeiten nur als Last empfindet und nicht auch als Chance erlebt, wurde mir erst später bewusst. Zuvor musste mir nochmal der raue Wind des unberechenbaren Schicksals ins Gesicht blasen. Scheinbar war noch nicht genügend Asche zusammengekommen, um den neuen Phönix gebären zu können.

»Wir ziehen zu Sebastian. Sein Vater hat ihm ein wunderschönes Haus vererbt. Nun, was sagst du, Thomas?« Was da meine Mutter nebenbei am Frühstückstisch von sich gab, konnte nur eine gemeine Form ihrer Launenhaftigkeit sein, einer ihrer vielen Träume, endlich aus diesem Dorf zu verschwinden, in das sie ihrem Mann aus Liebe vor vielen Jahren gefolgt war, wie sie so oft beteuerte. Dass sie hier geblieben war, weil sie sich im Laufe der Zeit im Kreis ihrer Freundinnen pudelwohl fühlte, davon erzählte sie nie etwas. Nur von meinem Vater, der sie sitzen gelassen hatte, dieser verantwortungslose Vagabund.

»War das eine Frage? Willst du mich wirklich fragen, was ich davon halte, wenn wir zu deinem Freund ziehen?«, antwortete ich.

»Ja natürlich, Thomas.« Sie streichelte mir wie immer in solchen Situationen über meine Locken. Doch diesmal hatte sie falsch spekuliert. Diesmal wollte ich nicht nur abwinken und verständnisvoll zustimmen, egal was passieren würde.

»Streichle mich nie mehr, wenn du etwas von mir haben willst, nie mehr!«, brüllte ich wie ein Wahnsinniger und riss ihr die Hand von meinem Kopf. Und meine Antwort brüllte ich gleich noch hinterher: »Geht, wohin ihr wollt, aber ohne mich!«

Ich lief in mein Zimmer, verschloss die Tür und weinte. Es dauerte lange, bis sich der Sturm des Untergangs gelegt hatte. Sehr lange! Doch irgendetwas war diesmal anders. Während des Weinens kam es mir vor, als ob sich eine zarte Hand über mich legte. Und zugleich stieg die Erinnerung an den Traum vom kleinen Jungen in mir hoch, der immer weinen musste, weil jemand nicht stehen blieb. Diesmal jedoch fügte sich ein fehlendes Puzzleteil hinzu, was zur Folge hatte, dass dieser Jemand stehen blieb. Es war ein Mann. Er drehte sich um, ging zu dem Jungen und legte die Hand auf seinen Kopf, bis er still war. Und dieses hinzugekommene Puzzleteilchen hatte Auswirkungen auf meinen Zustand. Auch ich wurde still und weinte nicht mehr.

Wer war dieser Junge, und wer war dieser Mann? Ich musste es herausfinden! Ich schlich die Treppe hinunter, um meiner Mutter nicht zu begegnen, und machte mich auf den Weg zu Huck. Er sollte mein Geheimnis erfahren, vielleicht konnte er mir helfen.

»Pech! Sein Fahrrad steht nicht vor dem Haus«, dachte ich gerade, als sein Vater aus der Tür kam.

»Hallo, Tom, ich darf dich doch so nennen oder? Huck hat mir von eurem Gespräch erzählt«, lächelte er mir entgegen.

»Natürlich, gerne, Herr Schlebrowski«, krümmte sich eine verlegene Antwort ins Freie.

»Wolltest du zu Huck? Er ist nicht zu Hause, ich weiß nicht, wo er sich herumtreibt«, redete Herr Schlebrowski weiter.

Mein Kopf hing tief in den Schultern, und es war keine Überraschung, dass Herr Schlebrowski, der im Kinderheim arbeitete, meinen seelisch kränkelnden Zustand erkannte. »Was ist los, mein Junge? Komm, wir gehen ein Stück spazieren«, setzte er sich mit zwei bestimmten Schritten in Bewegung, denen ich gerne folgte. Mit seiner vertrauten Art lockte Hucks Vater allmählich meine ganze Lebensgeschichte aus mir heraus. Angefangen von meiner wunderbaren Zeit als Kleinkind, wo ich wohl behütet durch eine liebevolle Mutter verwöhnt wurde, über die Schulzeit, in der ich meist damit beschäftigt war, meine Hausaufgaben zu erledigen und Fußball zu spielen, bis hin zum jetzigen Abschnitt der Jugend, in dem ich mich fühle wie in einem Niemandsland, wie auf einem Schiff, das unkontrolliert von den Wellen hin und her geworfen wird. Dazu kommt noch dieser mysteriöse Traum vom weinenden Jungen, der mich derzeit nicht zur Ruhe kommen lässt.

»Ich weiß nicht, was los ist, Herr Schlebrowski«, sagte ich, »alles scheint zusammenzubrechen. Kaum habe ich mich gefestigt, schon geschieht das nächste Unheil. Heute habe ich meine Mutter angeschrien wie noch nie. Es tut mir irgendwie schrecklich leid, weil ich sie sehr liebe. Sie hat so viel für mich getan, sie hat es nicht verdient, so von mir behandelt zu werden. Doch ich kann nicht anders, irgendetwas drängt an die Oberfläche und will heraus. Es fühlt sich an wie eine Pflanze, die durch eine Teerdecke drückt. Die Kraft wird immer stärker, sie äußert sich in Wutausbrüchen und Verzweiflung. Aber was mich am meisten interessiert, ist, was es mit dem weinenden Jungen und dem Mann auf sich hat, die immer wieder als Bild in mir auftauchen. Darum bin ich hier, Herr Schlebrowski, ich wollte mit Huck darüber sprechen, aber jetzt scheint das Schicksal mich zu Ihnen geführt zu haben.«

Die Worte, die ich in diesem Moment benutzte, konnten eigentlich nicht von mir sein und doch kamen sie aus meinem Mund. Wie kam ich auf das Wort Schicksal?

Über die Frage, woher eigentlich die Gedanken kommen, wollte ich später nachsinnen. Hatte mich Huck vielleicht angesteckt mit seiner außerirdischen Sucherei?

Herr Schlebrowski schwieg indessen. Er ließ die Ruhe für ihn antworten, und das zeigte Wirkung. Wir gingen schweigend nebeneinander durch ein Waldstück. Keiner von uns beiden sprach ein Wort. Es wurde leise in mir und zugleich traurig. So einen Vater hatte ich mir immer gewünscht.

»Tom«, sagte Herr Schlebrowski nach einer Weile, »du hast vorher nur deine Mutter erwähnt. Entschuldige die Frage, aber ist dein Vater bereits gestorben?«

Eine Träne fand den Weg ins Freie, und schlich sich langsam an meiner Nase vorbei. »Eigentlich nicht, aber eigentlich doch!«, entgegnete ich ihm schwermütig. »Meine Mutter hat mir erzählt, dass er uns verlassen hat, als ich gerade drei Jahre alt war. So habe ich ihn nie richtig kennengelernt. Meine Eltern sind hierhergezogen, weil es in der nahen Stadt Arbeit gab. Nach der Trennung blieb meine Mutter hier, nachdem mein Vater ihr das Haus überließ, außerdem hatte sie gute Freundinnen gefunden. Den Vagabund, sagte meine Mutter oft, zog es hinaus in die Welt. Er sagte, bevor er ging, dass er das Ende der Welt suchen wolle. Das sollen seine letzten Worte gewesen sein. Danach hat ihn niemand mehr gesehen. Ich konnte nie verstehen, dass ein Vater seinen Sohn einfach so zurücklässt. Das habe ich ihm auch nie verziehen. Somit ist er für mich gestorben.«

Inzwischen hatten sich noch mehr Tränen auf den Weg gemacht und nutzten den aufgeweichten Pfad neben meiner Nase, so als wollten sie einen Wettlauf veranstalten. Es tat gut, sehr gut, neben einem erwachsenen Mann zu weinen. Es hatte Qualität und wirkte heilsam. Wieder gingen wir einige Zeit schweigend dahin, zugleich den Rückweg einschlagend, als ob alles geklärt wäre. Dieses Schweigen fühlte sich überaus reinigend an und wusch alle Sorgen hinweg. Anscheinend brauchte man nicht immer Worte, um Dinge zu besprechen. Ein großes Ohr schien Wunder zu bewirken.

»Es war schön, mit dir spazieren zu gehen, Tom«, sagte Herr

Schlebrowski zum Abschied. »Als ich vor vielen Jahren meinen Sozialberuf erlernte, da las ich in einem Buch, dass sich Empfindungen oft weiter zurückerinnern als die Gedanken. Kann es sein, dass dieser Junge du selbst warst und derjenige, der nicht stehen blieb, dein Vater? Es kann sein, dass sich diese Situation nie ereignete, sondern dein Gefühl sich lediglich in Form von Bildern spiegelt, so wie Träume es manchmal tun.«

Herr Schlebrowski winkte mir mit diesen Worten zu und schlug den Weg zu seinem Haus ein, so als ob er keine Antwort auf seine Frage erwartet hätte. Irgendwie hatte er die gleiche Art wie sein Sohn. Sie legten einem das Kuckucksei ins Nest und verschwanden. Außer »Vielen Dank, Herr Schlebrowski« brachte ich keinen Ton mehr heraus. Wer weiß, ob er damals meinen Dank überhaupt gehört hatte.

Langsam wurde mir das Spiel des Schicksals unheimlich. Obwohl ich so viel Leid erfahren musste, geschah zugleich Genesung, und das zum passenden Zeitpunkt am passenden Ort. War diese unsichtbare Hand, die einen ins Unglück stürzte, auch diejenige, die einen wieder herauszog? So eine Art Teebeutelprinzip: Mal kurz eintauchen und rausziehen, und Wasser ist nicht mehr Wasser, sondern Tee. Mal kurz leiden, und nichts ist mehr wie vorher? Herr Schlebrowski war jedenfalls ein Glücksfall. Und wäre Huck zu Hause gewesen, vielleicht hätte ich nie den Weg zu meinem Vater gefunden.

Das Leben ist viel subtiler und präziser, wenn der eigene Wille, der scheinbare Macher aller Handlungen, in den Hintergrund rückt. Jedenfalls zwang mich etwas Grundlegendes zu dieser Erkenntnis. Ich, genauer noch das verletzte »Ich«, hatte das Land des Vertrauens seit meinem Liebeskummer nicht mehr betreten.

Jetzt jedoch quoll eine feurige Macht aus den Tiefen meiner Empfindsamkeit nach oben. Was steckte hinter dieser aufkeimenden Kraft, die mich nicht mehr zur Ruhe kommen ließ?

War es bereits der neue Phönix, reichte die Asche aus, um ihn zum Leben zu erwecken?

* * *

»Tom, es gibt Essen, kommst du?«

»Prima! Gleich, Vater, ich schreibe nur noch das Kapitel zu Ende.«

Diese wunderbare Stimme! Ich kann sie nicht oft genug hören. So lange hatte ich sie vermisst. So lange hatte ich um ein Lebenszeichen dieses Mannes gebetet. Wahrscheinlich musste alles so geschehen, wie es geschah, damit ich der wurde, der ich heute bin.

Entschuldige, Mutter, für alle Feindseligkeiten dir gegenüber. Du hattest keine Schuld an meinem Leid, genauso wenig wie Vater. Ihr habt beide das Beste gegeben, und niemand ist perfekt. Eltern tragen eine sehr große Verantwortung, das weiß ich seit der Geburt meines Sohnes. Und sie machen Fehler, das weiß ich auch, aber sie verursachen keine Schuld.

Schuld wird in den Köpfen gemacht, entsteht durch Moral und Bewertung. Vermutlich gäbe es überhaupt keine Schuld, wenn es nicht jemand gäbe, der sie jemandem gibt. Es wäre sinnvoller, die Fehler, die man begangen hat, nicht mehr zu wiederholen, als die Schuldfrage in den Mittelpunkt des Geschehens zu stellen. Wie viel Asche braucht es wohl noch, bis die leidverursachenden Schuldzuweisungen des menschlichen Miteinanders endlich ein Ende nehmen? Noch wüten unzählige Seelenbrände in unseren Herzen wie damals auch in mir.

* * *

Der geniale Coup

Sommerzeit – Huck und ich hatten viel zu tun. Die Welt war voller Ungerechtigkeiten, die es zu bereinigen gab. Dazu gehörte die Schule, die immer zu kurze Pausen hatte. So musste einmal die Pausenuhr vorgestellt werden, was nicht einfach war.

Die Kirschen von Herrn Zachmeier, dem Geizhals, wurden über Nacht mit Taschenlampen geerntet und in Tüten vor die Türen der Nachbarhäuser gerecht verteilt. Herumliegende Kleidungsstücke von den Nacktbadern am See konnten aufgrund der Umweltverschmutzung so nicht liegen bleiben und wurden von uns entfernt; mit dem Hinweis, sie am Dorfplatz abholen zu können. Jedes Wochenende sorgten wir für Aufsehen; doch erwischt wurden wir nie.

Ja, im Dorf war endlich Leben eingekehrt. Natürlich waren nicht alle damit zufrieden, besser gesagt, eigentlich nur Tom Sawyer und Huckleberry Finn, doch das war ein angemessener Ausgleich zu den langweiligen Jahren zuvor.

Außerdem wollten wir ein großes langes Abschiedsfest feiern, das den ganzen Sommer andauern sollte. Es hatte sich nämlich ergeben, dass nicht nur wir umzogen, sondern auch Familie Schlebrowski. Herr Schlebrowski bekam von seinem Chef das verlockende Angebot, im Voralpenland die Leitung eines pädagogischen Projekts zu übernehmen, das die Unterbringung einiger Wohngruppen in einem ehemaligen Bauernhof mit Tieren vorsah. Er fand diese Aufgabe sehr spannend und willigte sofort ein.

Das bedeutete das Ende im Gemeindehaus. Darüber war niemand in der Familie traurig. Alle freuten sich über die räumliche und finanzielle Verbesserung. Zuvor wollten Tom und Huck jedoch noch Berühmtheit erlangen. Deshalb musste ein genialer Streich erfunden werden.

»Wie wäre es, wenn wir diesem Ort zum Abschied mal das passende Ortsschild beschaffen; ihm sozusagen zu einem Stadtrecht verhelfen«, schlug mir Huck eines Tages in unserem Planungsbüro, das wir im Keller des Gemeindehauses eingerichtet hatten, vor.

»Wie meinst du das?«, erwiderte ich neugierig.

Er holte die Landkarte aus dem Schrank, griff nach einem Stift aus unserem selbst gebauten Schreibtisch und hing eine Karte an die Pinnwand.

»Na, wie soll unser Dorf heißen? Schauen wir mal die Städte der näheren Umgebung an«, kicherte Huck vor sich hin.

»Nun Spaß beiseite, Tom«, wurde er plötzlich wie so oft gauklerhaft ernst, »wir werden beide bald wegziehen. Ich finde die Gegend und das Dorf wunderbar, und eigentlich sind die Leute hier auch ganz nett. Ich denke, es ist das Mindeste, dass unser Dorf für ein paar Tage zur Stadt erhoben wird. Wir könnten doch die Ortsschilder austauschen beziehungsweise das Schild von der Stadt an den Ständer unseres Ortseingangs schrauben. Diese Aktion könnte uns doch endlich berühmt machen. Vielleicht steht dieser Lausbubenstreich dann endlich in der Zeitung. Nachdem es schon nicht gewürdigt wurde, dass wir die überflüssigen Gartentore ausgehängt hatten. Und auch nicht, dass wir die Mülltonnen freundlicherweise für die Müllmänner leerten. So wird es endlich Zeit, uns selbst ein Denkmal zu setzen.«

»Wahnsinn«, dachte ich, »woher hat er nur immer solche Ideen?«

Und schon ging es an die Arbeit. Wir spähten wie immer, natürlich unauffällig und gelassen, das Objekt aus. Danach wurden alle möglichen Hindernisse in Betracht gezogen, anschließend im Büro der Zeitplan erstellt und die notwendigen Werkzeuge beschafft.

Ein Ortsschild ist mit sechs Schrauben befestigt. Mit Hilfe eines einzigen Schraubenschlüssels konnte die ganze Operation schon durchgeführt werden.

Doch wie bringt man das Stadtschild an Ort und Stelle? Es waren zehn Kilometer zurückzulegen. In der Schule hatten wir immer viel Zeit, über derartige Schwierigkeiten nachzudenken. In den Pausen wurde beratschlagt, wobei wir uns gegenseitig motivierten. Am Ende des Schultages hatten wir meistens das Ergebnis. So auch diesmal, und endlich einmal kam die Lösung von meiner Seite.

»He, Huck«, ein Pfiff hinterher und schon stand er vor mir.

»Ich habs«, strahlte ich voller Vorfreude. »Wir schrauben das Stadtschild am Neubaugebiet ab. Sonntags ist da nichts los, da gibt es keine Bauarbeiter. Dann verpacken wir es mit Geschenkpapier wie ein großes Bild. Danach fahren wir mit dem Bus zur Geburtstagsfeier aufs Land zur Großmutter, wie zwei brave Enkelsöhne – hi, hi.

»Knie nieder«, sprach Huck mit feierlicher Stimme, »ab jetzt bist du ein Ritter der Tafelrunde.«

Er konnte sich bei aller Anerkennung für meinen Plan ein Schmunzeln nicht verkneifen. Noch vor einem Jahr hätte mich niemand dazu zwingen können, solche Grenzgänge zu wagen. »Was ist, wenn uns jemand erwischt?«, hätte ich damals ängstlich gedacht. »Das könnte statt einer Zeitungsnotiz eine Anzeige geben.« Statt Ruhm und Ehre für die Gerechten – Scham und Schande für die Blödheit.

Risikobereitschaft ging vor Sicherheit – der typisch jugendliche Leichtsinn hatte in dieser hitzigen Zeit die Oberhand gewonnen. Es machte einfach Spaß, verbotene Dinge zu tun! Trotz aller Unvernunft legten wir stets Wert darauf, dass es bei Streichen blieb, die erstens reparabel waren und zweitens keinen persönlichen Schaden anrichteten.

Zehn Tage später hatten wir es geschafft. Als der Freund meiner Mutter bei unserem allwöchentlichen Samstagsfrühstück aus der örtlichen Zeitung vorlas und uns noch ein Bild dazu zeigte – ein Stadtschild vor unserem Ort – hätte mich ein Semmelkrümel fast ins Jenseits befördert. Ich hüstelte unauffällig und lauschte gespannt den Worten:

»Lausbubenstreich!

Aus noch nicht geklärten Gründen wurden vergangene Woche in unserer Umgebung die Ortsschilder vertauscht (Huck konnte es eben nicht bei einem Tausch belassen). Die Täter verursachten keinen materiellen Schaden. Lediglich die Gemeindearbeiter waren damit beschäftigt, alles wieder in Ordnung zu bringen. Es wurde keine Anzeige auf Unbekannt gestellt, weil man von einem einmaligen Jugendstreich ausgeht. Sollte es zu einer Folgetat kommen, ist der Bürgermeister gewillt, die Polizei einzuschalten.«

»Diese Jugend heutzutage, das hätten wir uns nicht erlaubt«, klagte meine Mutter. »Gut, dass du keiner von dieser kriminellen Sorte bist, Thomas«, schob sie gleich noch eine Bemerkung hinterher.

Ihr Freund Sebastian schmunzelte und schielte verstohlen zu mir herüber. »Vielleicht ist der Typ doch mal ein Gespräch wert«, dachte ich. Vielleicht sollte ich ihm eine Chance geben. Bisher hatte noch kein Nachfolger meines Vaters eine bekommen.

Jetzt jedoch war dafür keine Zeit. Jetzt musste erst der Sieg gefeiert werden. Kaum war das Frühstück zu Ende, bei dem meine Mutter die Unsinnigkeiten solcher Handlungen hundertmal analysierte, da war ich auch schon auf der Siegesstraße.

Von fern sah ich meinen Freund wie einen Radrennfahrer um die Ecke biegen. Wir fuhren aufeinander zu, umkreisten uns, hoben unser imaginäres Schwert in die Höhe und bejubelten den lang ersehnten Sieg. Es war wie das Halali nach einer erfolgreichen Jagd. Endlich waren wir Helden! Von nun an konnte kommen, was da wolle.

* * *

»Du schreibst noch Tom? Es ist schon spät!«

»Ja, Vater, irgendwie zeigt die frische Meeresluft ihre Wirkung.«

»An welcher Story bist du gerade dran? Was gibt es denn wie-

der Interessantes in Deutschland? Schreibst du noch immer für die Morgenpost?«

»Ja, aber diesmal schreibe ich nicht für die Zeitung. Es wird ein Buch über dich und mich – unsere Geschichte. Ich schreibe es für alle Väter und Söhne, die durch irgendeinen Schicksalsschlag getrennt wurden oder denen eine ähnlich schwere Lebensaufgabe noch bevorstehen mag. Wir haben in Deutschland mittlerweile eine sehr hohe Scheidungsrate. Abgesehen von den Trennungen, die ohne Scheidung stattfinden. Und das heißt noch lange nicht, dass alle Familien, die noch zusammenleben, auch eine gute Beziehung zueinander haben. Und die Beziehung zwischen Vater und Sohn ist von entscheidender Bedeutung, das weißt du.«

»Das stimmt! Apropos, Sohn, Joshua ist auf der Veranda eingeschlafen, als ich ihm ein paar Geschichten auf Französisch erzählte. Da versteht er nur ›Singsang‹ und schläft sofort ein. Doch er liebt es, wenn ich französisch spreche. Dann schaut er mir so lange auf die Lippen, bis seine Augenlider herunterfallen. Heute habe ich ihm die ersten Wörter beigebracht, die wird er dir morgen vorsprechen. Kannst du ihn bitte reintragen, er ist mittlerweile zu schwer für mich geworden, der Knabe. Wie alt wurde er eigentlich im April?«

»Elf Jahre, Vater. Ja, wir haben uns lange nicht gesehen, ich hoffe, dass wir dich jetzt öfter besuchen kommen, wenigstens in den Sommerferien.«

»Ja, das hoffe ich auch. Und wenn ich Sehnsucht nach euch bekomme, dann fliege ich einfach nach Deutschland. Doch jetzt gehe ich erst einmal ins Bett und überlasse dir deinen Goldschatz. Gute Nacht – bonne nuit!«

»In Ordnung! Schlaf gut, Vater! Bonne nuit!«

* * *

Vergänglichkeit

Alles, was einen Anfang hat, ist einem Ende geweiht. Ob man das nun philosophisch betrachtet oder spirituell oder einfach materialistisch, das Ergebnis heißt immer Abschied. Die Frage ist nur, welchem zeitlichen Rhythmus das Ganze unterliegt. Glücksgefühle von Sekunden oder tagelanges Leid; jahrelange Sehnsucht, jahrhundertealte Bräuche oder jahrtausendealte Schriften – eines ist sicher: Sie werden vergehen! Nichts und niemand wird sich eines Tages daran erinnern. Sie gehören früher oder später der sogenannten Vergangenheit an.

Mein bewusstes Leben hatte bisher wenig spektakuläre Ereignisse zu bieten. Mein Unbewusstes vielleicht wesentlich mehr, hätte jemand meine Kindheit und meine Träume analysiert. Jedenfalls hatte ich wenig bewusste Erfahrung mit Vergänglichkeit. Den ersten Paukenschlag setzte die Trennung von meiner Freundin. Dieser eine Schlag genügte, um mich aus der Illusion einer festen, beständigen und sicherheitsorientierten Welt zu befreien. Etwas in mir war vielleicht kindlich-naiv und unerfahren, aber zugleich sehr sensibel und lernfähig.

Dass mein einzig wirklicher Freund mit seiner Familie wegzog, bestätigte wie so vieles andere meine Weltanschauung. Je schneller ich den bitteren Kelch einer vergänglichen Welt akzeptierte, desto mehr Geschmack fand ich am Inhalt dieses Kelches. Das Leben kann so schön sein, wenn man es nicht ständig verewigen möchte.

Die Urangst, etwas zu verlieren, innerlich zu sterben, bevor man tot ist, hindert uns daran loszulassen. Wir hängen an unserem Leben wie ein Baby an seinem Schnuller, an dem es ständig saugt in der Hoffnung, dass irgendwann Muttermilch herauskommt, was nie geschehen wird. Wir verzweifeln, wenn aus dem Schnuller unserer angeblich sicheren Welt kein beständiges Leben herauskommt, ohne zu wissen, dass wir einer Täuschung unterliegen.

Zu leiden, sobald sich das Gewohnte und Liebgewonnene verändert oder verabschiedet, beruht auf dem Nicht-Wahrhabenwollen, dass es keine Beständigkeit gibt. Das einzig Beständige ist die Unbeständigkeit! Sobald diese Tatsache akzeptiert wird, enden das Missverständnis und das Leid.

Es wird Zeit zu erkennen, dass vieles anders ist, als es aussieht und alles andere als »normal« ist. Kaum hat es diese Bezeichnung, lehnen wir uns zurück in der Gewissheit, dass alles in Ordnung sei.

Seit meinem Paukenschlag konnte ich dieses Wort »Normalität« nicht mehr hören. Es gehörte nach meiner Ansicht zum Gewohnheitsschlaf der meisten Menschen. Genau das Gegenteil war Huck; er hatte nicht mal einen normalen Namen. Seine Gedanken waren vollkommen unnormal und seine Art, mit Menschen umzugehen, war es sowieso. Vielleicht war er gerade deshalb mein Freund geworden, weil es eine Entsprechung in mir gab. Ich wollte alles andere sein als lau und schläfrig, alles andere als ein normaler Mensch. Und wenn nicht die Jugend rebelliert und sich gegen die Normalität auflehnt, wer soll es dann noch tun?

Huck war gerade vor einem Jahr hierhergezogen und jetzt ging er wieder fort. War er nur eine Sternschnuppe in meinem menschlichen Mikrokosmos? Werde ich Huck jemals wiedersehen? Wird er mich vergessen und einen anderen Freund finden? Diese fragenden Gedanken, die mich richtig quälen konnten, schoss ich innerlich wie Tontauben mit einem Kleinkalibergewehr Marke »Achtsamkeit« ab.

Sie flogen hinaus, kreisten so lange im Gehirn, bis die Emotionen ihr Klagelied anstimmten und lachten sich dabei ins Fäustchen. Das konnte ich nicht mehr zulassen! Diese schwarzen Vögel der Nacht, die Diener des Leids, sollten mich nicht mehr erschrecken. Ich war es, der sie mit meinem Gewehr erschreckte. Bald waren sie abgeschossen und der Weg frei für sonnigere Tage.

Der Abschied war gekommen, viel früher, als ich es erwartet hatte. Familie Schlebrowski zog noch vor uns um. Der Tag stand fest.

Wenn sich alles erfüllt hat, was sich erfüllen sollte, ist der Abschied das Erntedankfest einer menschlichen Beziehung. Was dafür verantwortlich war, dass sich zwei Jungs im großen kosmischen Ablauf eines Zeitfensters begegneten und beschenkten, stand vielleicht in den Sternen, doch die konnte ich leider nicht lesen.

Eine letzte Frage musste ich noch an Huck richten, bevor er, wie ich heute sagen kann, für immer aus meinem Leben verschwand: »Huck, sag mir ganz ehrlich, glaubst du an Gott? Woher hast du dieses Vertrauen ins Leben?«

»Endlich, endlich!«, platzte es aus ihm heraus. »Auf diese Frage habe ich schon lange gewartet!«

Er schaffte es also bis zum Schluss, mich mit seiner unberechenbaren Art in Spannung zu halten.

»Ich glaube nicht an Gott, aber an die Göttlichkeit. Ich glaube nicht an die Liebe, aber an das Liebevolle. Ich habe kein Vertrauen, sondern Gelassenheit!«

Mann, oh Mann, war das wieder mal ein Ding! Es traf mich mit voller Breitseite.

»Alles klar, Tom? Oder?«

Voller Stolz über seine Worte schwang Huck sich auf sein Fahrrad, fuhr dreimal um mich herum mit den Worten: »Ich werde mich nicht verabschieden. Ich liebe dich, mein Freund!« und verschwand – für immer.

»Lebe wohl, Huck, lebe wohl, du Phönix im Licht!«

Wieder mal Tränen; diesmal jedoch aus Freude und an der

anderen Nasenseite vorbei. Lange folgte mein Blick jenem Menschen, der es mir möglich gemacht hatte, in neue Schichten meines Unterbewusstseins vorzudringen. Bewusstwerdung war kein abstraktes Wort mehr, es hatte sich in mein Leben geschlichen und Wurzel geschlagen.

Dabei war in mir immer mehr die Erkenntnis gewachsen, meinen Vater kennenlernen zu müssen, um auch mich selbst besser kennenlernen zu können.

Ein Philosoph wird geboren

Ein Tapetenwechsel für meine Persönlichkeit stand bevor. Die alte Haut war zu eng geworden, das Gefäß, das man Identität nennt, konnte seinen Inhalt nicht mehr fassen. Es gibt anscheinend sogenannte Entwicklungsschübe, außergewöhnliche Phasen innerhalb eines gewöhnlichen Lebens. Oder ist das ganze Leben ein Schub und man empfindet bestimmte Zeiten einfach intensiver?

Solche Gedanken waren keine Seltenheit mehr und bestimmten meinen Alltag. Es reifte in mir die Annahme, dass tiefe Freundschaften einen wirklich prägenden Eindruck hinterlassen können. Ohne es bewusst wahrzunehmen, denkt, spricht und handelt man wie der eigene Freund oder die Freundin. Unsichtbar werden charakteristische Züge im Zusammensein mit diesen Menschen einfach kopiert.

Ich konnte nur eine schreckliche Ahnung davon haben, was das für mich bedeuten würde, wenn dies auch auf Eltern zuträfe. Denn wie sollte ich ein Mann werden, wenn das Vorbild eines Vaters fehlte? Dann müsste ich ja so viele weibliche Charakterzüge haben, wie es Sterne am Himmel gibt, polterte es in meinem Gehirn.

Der Philosoph und Psychoanalytiker in mir war geboren! Lange Zeit verbrachte er im Winterschlaf, erst ein Impuls von außen, von einem bestimmten Menschen, der sich Huck nannte, erweckte ihn nun zum Leben. Huck war für mich kein Außerirdischer mehr, sondern der normalste Mensch, den ich je getroffen hatte. Nun waren es genau diejenigen, die ich vorher als »normal« empfunden hatte, die jetzt außerirdisch wirkten.

Das ganze Chaos des Weltgeschehens offenbarte sich meinem inneren Auge als kollektive Unordnung. Menschen, mit denen ich in engen Beziehungen stand, kamen unter mein analytisches Skalpell. Alles, was nicht authentisch war, alles, was nicht meinem aufspürenden Lügendetektor standhielt, wurde über Bord geworfen. Dabei kam Sebastian, der Freund meiner Mutter, noch am besten weg. Meine Mutter hingegen entlarvte ich als manipulierend und schuldeinflößend.

Die bisherige Ablehnung meinem Vater gegenüber wurde ebenfalls auf den Prüfstand gestellt. Er hatte uns verlassen, das war eine Tatsache, und meine Enttäuschung darüber war sehr groß. Aber die aufkeimende Sehnsucht nach ihm einfach zu unterdrücken, weil das meiner Mutter nicht gefallen hätte, entsprach nicht mehr meiner Lebenshaltung. Der Mut, unangenehmen Dingen in die Augen zu blicken, war zu einer Tugend geworden, die alle Barrieren zu überwinden vermochte. Von einem Menschen nichts zu wissen außer aus Erzählungen, kann nicht reichen, um ihn zu verurteilen; abzulehnen und zu verdammen. Es musste noch etwas anderes geben als das, und ich wollte es herausfinden.

Die offenen Fragen an ihn waren mittlerweile unzählige geworden. Um erwachsen werden zu können, brauchte ich darauf Antworten, die nur er mir geben konnte. Ich musste ihn finden, auch wenn ich bisher noch keinen Anhaltspunkt dafür hatte, wo er sich aufhielt.

Als Nächstes stand jedoch der Umzug an, und wie so vieles in dieser Zeit des Umbruchs war er ein weiterer Meilenstein, ohne den wahrscheinlich alles anders gekommen wäre, als es heute ist. Die Perlenkette des Schicksals fädelte sich nach einem bestimmten Muster auf. Zwar wusste ich nicht wie, doch war mir klar, dass es keinen Moment, keinen Augenblick in meinem Leben gegeben hatte, der sinnlos oder zufällig gewesen wäre.

Sebastian hatte wirklich ein wunderschönes Haus geerbt, mit vielen Zimmern, großen Fenstern und einem prächtigen Balkon. Alles war wie für uns geschaffen. Hier sollten wir also die nächste Zeit gemeinsam wohnen. Meine Mutter zerbrach sich inzwischen darüber den Kopf, wie sie das Geld vom Verkauf ihres eigenen Hauses verwenden sollte. Sie war sich unsicher, ob es eine Geldanlage werden sollte oder ein großzügiger Wohnungskauf für den Fall, dass es mit Sebastian irgendwann zu Streitereien käme.

Mir war das alles zu diesem Zeitpunkt mehr als egal. Und der ekelerregende Kapitalismus, der durch Geiz, Ehrgeiz und Geldanlagen so viel Armut hervorgebracht hatte, widerte mich an. Meine Werte waren tiefer gelegt worden, was bei mir generell zu einer abwertenden Grundhaltung gegenüber allen unnötigen Sorgen und Ängsten um die eigene Existenz führte.

Ich wollte diese Klebmasse »Existenzangst«, die einem die hiesige Gesellschaft anleimte, abrubbeln, abkratzen und abschütteln wie ein Hund seine Flöhe. Und es gelang mir bestens, zum Leidwesen meiner Mutter. Das Geld, mit dem sie mich ein Leben lang geködert hatte, zeigte keine Wirkung mehr. Der Fisch hatte zu oft am Haken gehangen und war zu oft wieder ins Wasser zurückgeworfen worden, um dieses Spielchen nicht zu durchschauen. Unabhängigkeit und Freiheit haben ihren Preis, doch Huck hätte auch nichts anderes gemacht, als den Weg zu gehen, der ihn aus der Gefangenschaft führte.

Früher oder später müssen diese Ablehnungsprozesse stattfinden, auch wenn sie im Nachhinein relativiert werden; meistens erst dann, wenn man vernünftiger geworden ist. Doch im Voraus zu sagen, das sei überflüssig, weil sie haltlos sind, könnte nur aus dem Mund eines durchschnittlich veranlagten Individuums kommen. Und zu dieser Kategorie Mensch konnte ich mich beileibe nicht mehr zählen. Eigene Erfahrungen zu machen; Visionen und Ideale zu leben, die sich auch mal ändern können, das schien mir mittlerweile sinnvoll und erstrebenswert zu sein.

»Nun ja, dann ziehen wir eben um«, dachte ich mir, als ich mit der letzten Kiste aus meinem Zimmer zum Lastwagen unterwegs war, der vorm Haus stand. »Hier hält mich sowieso nichts mehr, nachdem Familie Schlebrowski bereits weg ist«, grübelte es weiter. »Und Heimat kann nur dort sein, wo mein Vater ist«, grübelte noch etwas hinterher.

»Soll ich die Kisten aus deinem Schlafzimmer auch noch holen, Mutter? Ich bin mit meinen Sachen fertig!«

Die bisherige Anrede »Mama« hatte ich erst kürzlich durch »Mutter« ersetzt, wobei die Schuld für diese neue Gepflogenheit, wie so oft, dem Einfluss meines polnischen Freundes zugewiesen wurde, der das Glück hatte, außer Reichweite geraten zu sein. Bald hatte sich Mutter an diese Formulierung gewöhnt, besser gesagt, sie resignierte eher an der immer öfter auftretenden Widerspenstigkeit ihres Sohnes.

»Danke, Thomas, das wäre lieb«, antwortete sie und sprach damit jemand mit Namen an, den es schon lange nicht mehr gab.

Thomas war gestorben und alles, was damit in Verbindung gebracht werden konnte. Für den Namen Tom reichte die Abnabelungsenergie leider noch nicht aus. Es braucht eben seine Zeit, bis gewisse Prozesse durchschritten sind.

Im letzten Jahr lernte ich, dass man mit Eltern, in meinem Fall bezogen auf Mütter, viel Geduld aufbringen muss. Die energetische Nabelschnur lässt sich eben nicht einfach mit einer sterilen Schere abschneiden, so wie die körperliche. Energetische Nabelschnüre sind zäh und widerspenstig und eine große Herausforderung für jede Mutter, die ihren Sohn wirklich loslassen möchte. An diesem Bestreben hegte ich großen Zweifel, was meine eigene Ernährerin betraf.

Nichtsdestotrotz spurtete ich voller Elan zu den Kisten in Mutters Schlafzimmer. »Oh, da hat sich ja einiges an Sachen angesammelt«, dachte ich. »Der Kapitalismus in seiner Blütezeit«, grinste die Überheblichkeit.

Im Grunde war das lediglich ein Spiel meiner Freiheitsgedanken als Kontrast zu dem langweiligen konservativen Sumpf. Ich gehörte ja selbst dem System eines Lebensstandards an, von dem ich mich nur schwer trennen konnte. Doch das interessierte mich nur beiläufig, weil Rebellen sich nicht lange mit Nichtigkeiten aufhalten.

Doch da ich schon mal dabei war, wollte ich doch wissen, was in diesen vielen Kisten alles steckte, bevor ich sie rausschleppte. Röcke, Blusen, Hosen, Schmuck, verzierte Döschen, ein alter kleiner Teddy aus der Kindheit, bunte Stoffe, die es nie geschafft hatten, ein Kleidungsstück zu werden, und unendlich viele Schuhe, die danach schrien, dass sie jemand trägt. Ja, was eben Frauen so alles zum Überleben brauchten. Meine Gedanken konnten sich eine gewisse Ironie einfach nicht verkneifen.

Es tat gut zu wissen, dass meine Mutter nicht Gedanken lesen konnte, als sie plötzlich die Bühne beziehungsweise das Zimmer betrat. Ihre Präsenz war wirklich beeindruckend. Sie strahlte so viel Kraft und Durchsetzungsvermögen aus. Einerseits faszinierte es mich, andererseits erdrückte es mich. Es dauerte lange, bis in mir ein Schutzschild wuchs, um diesen mütterlichen Wellen wirklich standhalten zu können.

Mutterliebe segnet und beschützt wunderbar, solange man klein ist und beschützt werden möchte. Und sie bindet und hält einen fest, wenn die Zeit gekommen ist, aus dem Nest zu fliegen.

»Thomas, du kannst jetzt gehen, ich schaffe das auch alleine«, sagte sie mit einem gewissen Ton, der mich aufhorchen ließ. »Ich habe aber noch nichts herausgetragen«, antwortete ich, um zu testen, ob sie es wirklich ernst meinte.

»Das macht nichts, du warst heute schon so fleißig!«

Nun musste ich mich verhört haben. Diesen Satz hatte sie nur einmal in meinem Leben gesagt, wenn auch zu Recht, aber damals teilte sie mir zwei Stunden später mit, dass sie mit ihrem neuen Freund für zwei Wochen in Urlaub fliegen wolle und ich nicht mitdürfe, sondern bei ihrer Freundin bleiben müsse.

Diese negativen Erinnerungen können einem wirklich das Leben versauern und viel Unrecht hervorrufen. »Vielleicht war Mutter einfach nur gut gelaunt«, drängte sich ein Rest an Vertrauen in den Vordergrund.

»Gut«, sagte ich, »dann fahr ich ein paar Abschiedsrunden ums Dorf.« Und schwups stand ich vor der Tür.

Ob es nun Intuition war, die ich mittlerweile lieben gelernt hatte, oder die Eingebung meines abwesenden Vaters, das weiß ich bis heute nicht, jedenfalls zog es meine Augen, wie durch einen Magneten angezogen, zum Schlüsselloch. Was ich da sah, kann man nur mit dem Begriff »Glücksfall« bezeichnen.

Einem Geheimnis auf der Spur

Meine Mutter holte sich einen Stuhl, stieg hinauf und kramte hinter der obersten Reihe ihres Bücherregals ein kleines Heftchen hervor. Schnell und unsicher steckte sie es in ihre Schmuckschatulle und versperrte diese mit einem Schlüssel, den sie in ihre Handtasche gleiten ließ. Ein Heftchen in eine Schmuckschatulle – das war suspekt! Meine Neugier brannte lichterloh! Wenn es ihr Tagebuch aus der Kindheit wäre, dann würde ich es sofort zurücklegen. Wenn es aber etwas mit mir zu tun haben sollte, dann könnte es der erste Diebstahl im eigenen Haus werden, ohne Rücksicht auf Verluste.

Und es musste mit mir zu tun haben wie damals mit dem Urlaub. Leider wurde mein Misstrauen mit dem Blick durchs Schlüsselloch nun richtig gemästet und fühlte sich unangenehm, fett und schwer an. Misstrauen macht einen wirklich nicht gerade leicht, und es dauert einige Jahrzehnte, bis man diese Krankheit ausgeschwitzt hat, so lange, bis dieser gefräßige Bandwurm kein Futter mehr von uns bekommt. Diese Einsicht sollte mich aber erst viel später erleichtern.

Jetzt musste die Schatulle geöffnet werden! Alles andere war uninteressant! Wie man solche Aktionen durchführte, hatte ich von Huck bestens gelernt. »Schnell, aber präzise müssen wir sein«, hatte der gaunerhafte »Chirurg« in solchen Momenten gesagt.

Komisch, dass man die wichtigen Dinge des Lebens nicht in der Schule lernt, sondern in seiner Freizeit. Das wäre lustig, wenn es spezielle Fächer gäbe wie Intuitionslehre, Humorkunde, Flexibilitätsunterricht, Stressbewältigung oder was man sonst noch so zu einem erfolgreichen Leben braucht.

Auch das Gaunertum hätte ich mir darunter vorstellen können, denn dazu gehören Schauspielerei, Geschicklichkeit,

Scharfsinn und Gelassenheit. Gauner sind wir doch eigentlich alle, jeder an seinem Platz und jeder mehr oder weniger – das hatte ich im Laufe meines Lebens bald erkannt. Die Frage ist nur, wer den eigenen Lügner in sich erkennt, der einem vorgaukelt, dass es immer die anderen sind.

Da ich kein Lügner mehr sein wollte, entschied ich mich ganz bewusst zum Gaunertum, so belog ich mich wenigstens nicht selbst. Ich entschloss mich zu einer sehr speziellen Form der Gaunerei, die eine Mischung aus Spitzfindigkeit und Wahrheit war. Das bedeutete, verbotene Dinge zu tun, ohne Spuren zu hinterlassen, doch würde ich entlarvt, die Wahrheit zu sagen. Diesem Grundsatz wollte ich auf jeden Fall auch diesmal treu bleiben; sofern er überhaupt zum Einsatz käme. Entweder musste die Schmuckschatulle beim Umzug aus unerklärlichen Gründen verloren gehen oder der Schlüssel aus der Handtasche für einige Minuten ausgeliehen werden. Die Entscheidung fiel auf die Variante Nummer zwei.

Es dauerte nur zwei Gänge zum Möbeltransporter, bis meine Mutter mich bat, ihr doch noch zu helfen, weil ihr angeblich die Zeit davonliefe. Solche Floskeln waren mir schon immer ein Gräuel, aber diesmal gepaart mit dem Hintergrund, den mir das Schlüsselloch offenbart hatte, ging es an die Grenzen meiner Toleranz. Ich holte tief Luft, bevor meine Gaunerei ihrer Gaunerei ein bezauberndes Lächeln sandte, mit den Worten: »Sehr gerne, Mama!«

Sofort blickte sie mir forschend in die Augen, um herauszufinden, ob das Wort Mama als Ironie oder als Rückfall ihres Sohnes in kindliche Zeiten verstanden werden sollte. Vier »Gauneraugen« blickten sich an und keines von ihnen hatte Zweifel daran, dass irgendetwas nicht stimmte. Meine zwei wussten, was es war, ihre zwei wussten es nicht, was die Sache nicht gerade leichter machte.

Außerdem waren es Mutteraugen, die früher oder später sowieso alles durchschauten. Man sollte schlafende Hunde oder sich in Zufriedenheit wiegende Mütter eben nicht wecken. Doch Wut im Bauch verbrennt leider zu oft die innere Gelassenheit und die Vernunft.

Gauneralarmstufe »Rot« war eingeleitet! Doch jeder Gauner hat seine Schwachstellen. Im Falle meiner Mutter war es nur eine Frage der Zeit, bis sie müde wurde. Der Möbeltransporter schüttelte sie in den Schlaf und die Lider schlossen sich.

Sebastian steuerte das Gefährt. Er hatte große Freude daran und erzählte mir von seiner Zeit als Soldat bei der Bundeswehr, wo er den Führerschein für solche Fahrzeuge erworben hatte. Natürlich blieb es nicht nur bei dieser Geschichte. »Soldaten und Jäger sprechen anscheinend ähnliches Latein«, dachte ich mir, als er nicht mehr zu reden aufhörte. Während seines Geredes hatte ich genügend Zeit zu überlegen, wie ich den Schlüssel aus der Handtasche meiner Mutter herausbekommen könnte.

Sie saß neben mir und schlief. Die Sache musste so schnell wie möglich erledigt werden, weil man nie genau weiß, ob Gauner, besser gesagt Gaunerinnen, nicht im Traum einen zündenden Einfall bekommen. Diese Erkenntnis basierte auf eigener Erfahrung. Grübeleien, die zur Ruhe kommen, können sich blitzartig klären. Und meine Mutter war intelligent genug, um zu ahnen, dass ihr Sohn nicht aus Hingabe die Anrede Mama gewählt hatte.

»Glaubst du, Sebastian, dass meine Mutter etwas dagegen hätte, wenn ich mir ein Eis kaufe«, fragte ich den Soldaten neben mir, der gerade über ein Erlebnis referierte, das irgendwo auf einem seiner imaginären Schlachtfelder stattfand.

»Was«, murmelte er vor sich hin, noch trunken vom Gefecht.

»Können wir an der nächsten Raststätte halten, ich hätte gern ein Eis«, versuchte ich mit erneutem Anlauf den Krieger in die Realität zurückzuholen.

»Klar doch, aber ich habe meine Geldbörse in der Jacke stecken, die hinten im Laderaum liegt«, sagte er zu meiner großen Freude.

»No problem«, erwiderte ich, »meine Mutter hat sicherlich nichts dagegen, wenn ich mir eine Mark von ihr borge.«

»Aber wecke sie nicht auf«, sagte er, um mich noch mehr in den siebten Himmel zu befördern. »Wenn sie wach wird, können wir uns nicht weiter unterhalten. Sie verabscheut Bundeswehrgeschichten.«

Dass er seinen Monolog »Unterhaltung« nannte, hatte echt etwas Witziges an sich.

»Das wäre echt schade«, schmitzte ich ihm entgegen, »lass dann einfach den Motor laufen, ich werde mich beeilen.«

Sebastian vollbrachte eine butterweiche Landung, das Fahrzeug stand. Glück gehabt, die Schwachstelle »Müdigkeit« war noch größer als gehofft. Alles klappte bestens! Tasche unter den Arm, Schlüssel raus, Eis gekauft und die Fahrt ging weiter. Das bisschen Moral, das trotz meiner rebellischen Ablehnung gegenüber allen Konventionen noch in meinen Adern floss, genügte, um mir selbst das Versprechen zu geben, bei passender Gelegenheit alles zu erzählen.

Doch ganz sicher war ich mir nicht, ob Sebastian überhaupt Interesse daran gehabt hätte, zu erfahren, welche Show ich da abzog. Vielleicht hatte er wie alle anderen meiner Mitmenschen genauso viel »Dreck am Stecken«. Und vielleicht will man überhaupt nicht wissen, was die Wahrheit ist, um sich nicht vor seinen eigenen Gaunereien schämen oder sie selbst aufdecken zu müssen. Dieser Gedanke hätte beinahe gereicht, die Wahrheit zu sagen und dieses menschliche Lügenprinzip, wenigstens in meinem Fall, zum Einsturz zu bringen.

»Hierzu braucht man wohl die Kraft eines Drachen«, quoll eine intuitive Stimme aus einer verstaubten Ecke meines Erinnerungsvermögens hervor.

Dabei kam mir eine Drachengeschichte in den Sinn, die mir

meine Mutter als Kind immer und immer wieder vor dem Einschlafen vorlesen musste, obwohl ich den Inhalt kaum verstand. Die Sätze klangen jedoch wie ein Wiegenlied, das mich in den Schlafzustand hinübergleiten ließ. So als ob jemand speziell für mich ein Liedchen komponiert hätte. »Wo war dieses Büchlein überhaupt?«, schoss eine Frage durch meinen Kopf? Ich hatte es selbst nie gelesen und erinnerte mich erst jetzt wieder daran.

»Egal, sich jetzt damit zu beschäftigen, ist wohl der falsche Zeitpunkt«, wehrte etwas in mir ab und holte das Brummen des Lastwagens wieder in den Mittelpunkt meiner Aufmerksamkeit zurück. Wir waren inzwischen ins Schwabenland einmarschiert, würde der Gefreite neben mir sagen, der inzwischen seiner Erzählungen müde geworden war. Der Bodensee war jedoch noch in weiter Ferne.

Glücksdrache im Anflug

Es wurde still im Führerhaus des Lastwagens, obwohl meine Gedanken enorme Unruhe in meinem Gehirn verursachten. Eine gewisse Vorahnung einer besonderen Überraschung ließ mich nicht zur Ruhe kommen.

Etwas Neues kündigte sich mit großer Nervosität an und hatte zweifellos mit der Schatulle zu tun, die immer mehr den Wert einer Schatztruhe annahm. Sie lag noch ungeöffnet im Laderaum.

»Ich bin müde«, gähnte ich voller Überzeugung vor mich hin. »Schade, dass man nicht im Laderaum auf einer der Matratzen schlafen darf«, jammerte ich mit großem Eifer weiter und erweckte damit ein weiteres Gaunerherz.

»Okay, Tom, so willst du doch genannt werden, solange deine Mutter schläft, kannst du hinten rein. Du weißt aber, dass ich mir mit dieser Aktion einen riesigen ›Anschiss‹ abhole, sobald sie aufwacht«, knurrte Sebastian mit kumpelhafter Stimme.

Schade, dass Sebastian und ich gerade in solch einer ungünstigen Situation eine freundschaftliche Nähe aufbauten, die ich mir bei seinen Vorgängern immer gewünscht hatte. Ich hoffte, dass er mir das ganze Schauspiel verziehe, sobald der Vorhang herunterfiel. Er war der »coolste Typ«, den ich bisher an der Seite meiner Mutter erlebt hatte.

Trotz allem, es musste sein, das Neue war nicht mehr aufzuhalten, egal was es kostete.

Er fuhr die nächste Raststätte an, ließ wiederum den Motor laufen, um den Schlaf meiner Mutter nicht zu stören und öffnete den Laderaum. Ich sprang hinauf, blickte dankend in seine zwinkernden Augen und fühlte mich fürchterlich schuldig, was schon lange nicht mehr zu meinem Empfindungsrepertoire gehörte.

Die Fahrt ging weiter, das Schicksal schien mir gut gesonnen. Die Suche nach dem Schatz im Silbersee oder anders formuliert dem »Schatz in der Schatulle« führte zu einem baldigen Erfolg. Der Zauberschlüssel, den ich geraubt hatte, ließ das kostbare Gut endlich sichtbar werden. Ein Drache blickte mir entgegen!

Da war sie, die Geschichte, über die ich mir noch vor wenigen Minuten Gedanken gemacht hatte. Unglaublich! Mysteriös! Ein Schauder lief meine Wirbelsäule entlang.

Sie war also nicht verloren gegangen; Mutter hatte sie aufbewahrt. Doch wieso hütete sie ein kleines, handbemaltes Heft wie ihren kostbarsten Diamanten? Jetzt wurde es spannend! Meine Hände zitterten vor Aufregung, als ich »Joshua und der Glücksdrache«, dessen Titelblatt ein bunter Drache zierte, an mich nahm.

Ich schlug die erste Seite auf! Was danach kam, waren nur noch Tränen!

»Gewidmet meinem Sohn Tom Melander«

Dort stand mein Name! Dort stand nicht Thomas Melander, sondern Tom Melander. Ich las diesen Satz wie ein Mantra; immer wieder von Neuem, wie oft weiß ich bis heute nicht. Und darunter stand der Autor: Stefan Haineder.

Dieser Name war in meiner Kindheit mit großem Schmerz belastet. Ich sprach ihn nur ungern aus, nur wenn ich musste, wenn jemand nach dem Namen meines Vaters fragte.

Doch jetzt durchbrach ein großes Glücksgefühl diesen Fluch und verwandelte alles Leid, das damit in Beziehung stand, in einem einzigen Augenblick in Freude. Ein einziger Satz kann im richtigen Moment die Welt vollständig verändern, außen wie innen.

Der Satz »Gewidmet meinem Sohn Tom Melander« war ein segnender Regen für mich, der eine dahinsiechende Pflanze zu neuem Leben erweckte! Es war der Augenblick, wo der neue Phönix zum ersten Mal mit den Flügeln schlug.

Ja, der Autor war mein Vater!

Von der Drachenkraft, die in diesem Büchlein vibrierte, hatte ich als Kind genügend inhaliert. Sie kam aus dem Herzen meines Vaters und war für mich bestimmt. Den Inhalt selbst kannte ich nicht wirklich; aber die Essenz. Das reichte mir erst mal.

Der Lastwagen bremste, mein Herz war geöffnet, meine Mutter tobte im Führerhaus. Sebastian musste auf dem Notfallstreifen der Autobahn anhalten. Beide öffneten den Laderaum. Ich saß mittendrin und hielt mein Heft fest in der Hand, das ich nie mehr loslassen wollte und auch nicht mehr musste.

»Verzeih mir bitte, Thomas, verzeih mir«, seufzte meine Mutter und sah sofort den Schatz in meinen Händen.

»Was ist hier eigentlich los?«, wollte Sebastian wissen.

»Ich habe euch einiges zu erzählen«, fuhr sie in einem milden Ton fort, den ich nur selten aus ihrem Munde hörte. Sie schien entsetzt und zugleich erlöst zu sein. Der Stein, den sie sich selbst aufs Herz gelegt hatte, polterte von ihr herunter. Es war einer der bewegendsten Augenblicke meines Lebens.

* * *

Hier sitze ich nun, in meinem Zimmer, in einem Häuschen auf den Klippen am Ende der Welt. Dass mein Vater schon vor vielen Jahren, bevor ich überhaupt zu ihm kam, diesen wunderbaren lichten Raum für mich eingerichtet hatte, spricht für ihn. Auf dem Laptop vor mir haben sich einige Tränen ausgebreitet. Nun wird es Zeit, schlafen zu gehen.

Auf der Veranda ist es noch mild. Ich nehme Joshua samt seiner Decke in meine Arme und will ihn ins Bett tragen. »Papa, bitte lies mir die Geschichte vom Drachen vor, die Großvater für dich geschrieben hat«, murmelt ein halb eingeschlafenes Söhnchen.

»Ja, mein Liebster, ich hol sie gleich.« Inzwischen steht er wieder auf seinen eigenen Beinen und schlurft ins Schlafzimmer, während ich das Büchlein hole, das als wohlbehüteter Schatz wie immer auf meinem Schreibtisch liegt, mittlerweile jedoch so abgegriffen ist, dass

man die Buchstaben fast nicht mehr erkennen kann. Doch das macht nichts. Ich habe sie so oft gehört und so oft meinem Sohn vorgelesen, dass ich die meisten Passagen auswendig kann.

»Joshua, psst, Joshua, schläfst du schon?«

Ohne es noch geschafft zu haben, die Decke über sich zu ziehen, liegt er bereits mit geschlossenen Augen in seinem Bett. Es kommt keine Antwort mehr, der Schlaf hat ihn bereits abgeholt. Mein Blick ruht auf dem Titelblatt. Der Drache schaut mich an, wie einst im Möbeltransporter auf dem Weg zum Bodensee. Ich beginne leise die Geschichte zu summen, weil die erste Frage meines Sohns am Morgen sein wird: »Hast du mir die Geschichte auch wirklich vorgelesen, obwohl ich schon geschlafen habe?«

Söhne saugen alles weg, was sie an Vaterliebe bekommen. Ob sie wach sind oder schlafen. Ob der Vater anwesend ist oder nicht. Ob er noch lebt oder seinen Körper abgelegt hat. Der Vater war immer da und wird immer da sein. Die Frage ist, ob die Liebe fließt! So beginne ich zu summen.

Die Geschichte von Joshua und dem Glücksdrachen

Auf einem kleinen, aber sehr fruchtbaren Planeten mitten im Universum gibt es ein großes Volk, eine große Anzahl von Lebewesen, die sich Menschen nennen. Bei diesem Volk geschieht etwas Eigenartiges, von dem diese Geschichte erzählt.

Alle Menschlinge, die dort geboren werden, heißen Kinder. Sie tragen ein leuchtendes Zeichen auf der Stirn: einen feuerspeienden Drachen, den niemand sieht, nur ihr eigener Blick, der noch aus einem unschuldigen, reinen Universum schaut. Ist das Kind müde, schläft der Drache; ist es fröhlich, so lacht er; ist es traurig, so hängen die Köpfe beider fast bis zum Boden.

Beide denken das Gleiche, fühlen das Gleiche und handeln entsprechend. Wenn das Kind Hunger hat, schreit es, so laut es kann, und der Drache gibt ihm die Kraft dazu. Wenn es Kummer hat, weint es aus Leibeskräften.

Die kleinen Menschlinge und ihre Drachen sind willensstark, begeistert in ihrem Tun und schaffen fast alles, was sie sich vornehmen. Sie sind unaufhaltsam und unzertrennlich! Jeder kennt die Kraft eines Drachen und kann sich diese Kinder vorstellen. Sie haben Mut und Ausdauer, strahlen wie die Sonne selbst und verteilen ihre Lebensfreude an alle um sich herum.

Nun geschieht bei diesen Erdplanetenbewohnern jedoch etwas Ungewöhnliches, etwas Unerklärliches. Je größer und älter die dort lebenden Kinder werden, desto mehr verblasst das Zeichen auf der Stirn. Und je mehr dieses Zeichen verblasst, desto seltsamer werden die Kinder. Sie schreien plötzlich nicht mehr so laut und weinen auch nicht mehr so kräftig.

Im Umgang mit den Erwachsenen – so nennt man die großen Menschen dieses Planeten – lernen sie im Laufe der Zeit, dass man Liebe und Anerkennung nur bekommt, wenn man still und folgsam alle Anweisungen erfüllt. Spontane Gefühle werden mehr bestraft als belohnt. Der Ort ihrer Empfindsamkeit fühlt sich an wie ein Pfuhl des Leidens, in dem die Mitmenschen ständig herumrühren und Schmerz verursachen. Aufkeimende Lebenskräfte werden durch Gewalt besiegt; ein Instrument, das die Erwachsenen anwenden, um sich gegen die Drachenkraft durchzusetzen. Wer versucht, sich dieser Gewalt zu entziehen, oder sich wehrt, der bekommt etwas, was man auf diesem Planeten Erziehung nennt.

Dabei lernt man, sich anzupassen, das heißt, anders zu sprechen, als man denkt, und anders zu handeln, als man fühlt. Das Ergebnis wird Normalität beziehungsweise Gesellschaftsfähigkeit genannt.

So verlieren die Kinder nach und nach ihre Sensibilität für Wahrheit, Gerechtigkeit und zuallerletzt auch ihre Lebensfreude. Sie nennen das in ihrer Umgangssprache »Langeweile« oder »Burn-out«. Tatsächlich spuckt der Drache kein Feuer mehr und ist im wahrsten Sinne des Wortes »burnt out«, ausgebrannt. Er ist nämlich unfähig, anders zu leben und zu handeln, als er tatsächlich denkt und fühlt. Für ihn ist nur ein authentisches Leben lebbar.

Drachen sind individuell und einzigartig. Die Kinder dieses Planeten sollten jedoch alle gleich sein, manipulierbar und steuerbar. Warum, das weiß niemand so genau und soll vielleicht auch niemand wissen.

Trauigerweise beginnt der Drache langsam in ein Niemandsland zu verschwinden, das man Unterbewusstsein nennt. Besser gesagt, die Kinder verstecken ihn dort, um ihn in Sicherheit zu bringen. Dieses Land ist jedoch so dunkel, dass viele ihr eigenes Versteck nicht mehr finden.

Und somit geschieht das große Unheil! Sobald einige Jahre seit der Kindheit vergangen sind, legt sich der Nebel des Vergessens und Verdrängens über die Erinnerung. Aus Kindern werden Erwachsene.

Die Pubertät verwandelt und verändert sie. Dieser Prozess vollzieht sich relativ schnell und unwiderruflich. Er löscht alle intuitiven Fähigkeiten und auch den tiefen Blick, der zuvor Drachen auf der Stirn, Feen und Zauberer erkennen konnte. Danach sieht sie niemand mehr, fast niemand. Die Zauberwelt der Kindheit ist vorüber!

Das Einzige, was zurückbleibt, ist ein Gefühl der Leere, die ständig gefüllt werden möchte. Um dieses Unglück zu beseitigen, werden Gegenstände gekauft, die aber nur vorübergehend Freude bringen, Freunde und Freundinnen gesucht, um nicht alleine zu sein. Und letztendlich wünschen sich viele der großen Lebewesen wiederum Kinder, die ihre Hoffnungen erfüllen sollen, aber letztendlich nur dem gleichen Schicksal unterliegen.

Ist dieses ständige »Habenwollen« vielleicht ein Suchen nach dem verlorenen Glück, ein »Zurückhabenwollen« des versteckten Glücksdrachen?

Was auch immer es sei, niemand konnte diesem unheilvollen Schicksal entrinnen. Bis zu jenem denkwürdigen Nachmittag, an dem die Sonne etwas heller schien als sonst.

Alle vernünftigen Bewohner des Planeten, die sogenannten Erwachsenen, gingen ihrer vernünftigen Arbeit nach. Die kleinen unvernünftigen Drachenkinder tollten auf dem großen gepflasterten Marktplatz ihrer kleinen Stadt, während die größeren Schulkinder gerade das Vernunfthaus verließen, das auch Schule genannt wurde. Da kam gemächlichen Schritts ein Fremder, den niemand zuvor gesehen hatte, die Hauptstraße herunter. Trotz seines scheinbar hohen Alters bewegte er sich erstaunlich leicht und sicher.

In der rechten Hand trug er einen Wanderstab; auf dem Rücken einen ledernen Rucksack. Sein aufrechter Gang strahlte Würde und Wahrhaftigkeit aus. Zielstrebig ging er dem Marktbrunnen entgegen, scheinbar mit dem Bestreben, dort Wasser zu schöpfen. Die Einheimischen beäugten ihn neugierig von allen Seiten, jedoch so heimlich und verstohlen, wie man es unter Erwachsenen eben gelernt hatte. Der Alte ließ sich davon nicht beeindrucken und schritt seines Weges.

Am Brunnen angekommen, ließ er den Eimer mit der Schnur tief in den Brunnen hinab. Die Kinder, die inzwischen herbeigeeilt waren und keine Scheu zeigten, kicherten laut, da sie wussten, dass der Brunnen gerade kein Wasser barg. Der heiße Sommer hatte ihn ausgetrocknet. Zuvor diente er noch als kühle Erfrischung, besonders für eben solche Wanderer wie ihn.

Der Alte zog den Eimer wieder hoch, stellte ihn neben dem Brunnen ab, und spritzte zur Freude der Kinder den Inhalt über deren Köpfe hinweg. »Mehr, mehr«, riefen sie und hüpften voller Erwartung hin und her, kreuz und quer. Der Wanderer stimmte mit ein und schöpfte Eimer für Eimer aus der Tiefe. Keines der Kinder fragte sich, woher das Wasser kam; sie freuten sich nur, dass es da war – wie aus heiterem Himmel.

Die vernünftigen Stadtbewohner hatten inzwischen die Aufregung am Brunnen bemerkt und besahen sich distanziert und misstrauisch die Situation, während die Kinder bereits wieder einem kleinen Hund nachjagten, der ihre Aufmerksamkeit auf sich gezogen hatte.

Ein sehr neugieriger Erwachsener machte sich zögernd daran, einen Blick in den Brunnen zu werfen, und seine Reaktion ließ nicht lange auf sich warten. »Leute! Wasser! Der Brunnen hat Wasser! Kommt her! Schaut! Das ist unmöglich!«

Eine große Welle der Hysterie ging durch die Stadt. Leute kamen herbeigeeilt und staunten. Andere liefen nach Hause, um das scheinbare Wunder zu verkünden.

Bald war auch schon der Bürgermeister vor Ort und schüttelte ungläubig den Kopf. Unbeeindruckt von der Aufregung saß der Alte inzwischen auf einer Bank in der Nähe, er hatte seinen Hut neben sich gelegt und packte seine Brotzeit aus. Er schlug ein Bein über das andere und biss genüsslich in einen Apfel.

Inzwischen war eine große Menschenmenge versammelt, die sich gegenseitig mit wilden Gesten und Lauten das Unmögliche erzählte. Langsam bildete sich ein großer Halbkreis von Schaulustigen um die Bank, auf der sich der Alte niedergelassen hatte. Nachdem niemand den Mut fasste, etwas zu sagen, trat der Bürgermeister mit erhobenem Kopf, aber höflich nach vorne und fragte: »Lieber Herr, wer sind Sie, woher kommen Sie und wie kommt das Wasser in unseren Brunnen?«

Der Alte blickte nun ringsum in die Menge, als ob er die Köpfe der Anwesenden nach etwas Bestimmtem absuchen wollte. Danach wandte er sich dem Fragenden zu und antwortete: »Entschuldigen Sie, dass ich ihre Stadt in solche Aufregung versetze. Ich bin nur gekommen, weil ich gerufen wurde. Und ich werde wieder gehen, wenn es erfüllt ist. Man nennt mich ›Seher‹, und ich wandere umher, um Fragen zu beantworten. Und wie das Wasser in den Brunnen kam? Hm, naja, ich weiß nur, dass die Kinder ihre Freude daran hatten. Vielleicht deshalb!«

Diese Antwort verursachte nun noch mehr Verwirrung in den Gehirnen der Anwesenden. Doch alle nickten verständnisvoll, da die weisen Worte eines Sehers scheinbar nur von intelligenten Wesen verstanden werden konnten. Und da wollte jeder dazugehören – besonders der Bürgermeister.

Und wenn nun schon einmal ein Seher in der Stadt war, der Fragen beantwortete, so galt es, die eigene Intelligenz durch intelligente Fragen zur Schau zu stellen. Außerdem bot es eine gute Gelegenheit, sein Wissen zu erweitern, um noch wissender, noch schlauer und intellektueller zu werden.

Der Seher hatte viel zu tun, aber es war ihm eine Leichtigkeit, die passenden Antworten zu finden. Er hatte sie bereits parat, bevor die Fragen überhaupt gestellt wurden. Seine Gabe der Vorausschau war verblüffend.

Als es Abend wurde und alle Fragen beantwortet waren, wollte der Alte gerade weiterziehen. Da sah er einen halbwüchsigen Jungen stillschweigend hinter der Bank stehen. So angewurzelt wie er dastand, hatte er scheinbar den ganzen Nachmittag gespannt den Worten des Alten gelauscht.

Er war der Einzige, der noch nicht gegangen war. »Wie heißt du?«, fragte der Alte, und mit einer kurzen, schnellen Bewegung stand er dem Jüngling nun direkt gegenüber. Mit leiser und zögernder Stimme, den Blick zu Boden gerichtet, kam die Antwort: »Ich, ich heiße Joshua!«

»So schlimm ist dein Name doch nicht, dass du dich dafür schämen musst«, sagte der Weise mit verschmitzter Stimme und legte sanft die Hand auf die Schulter des Knaben. Wie ein Blitz durchzuckte es Joshua.

Zuerst erschrak er, doch gleich darauf breitete sich ein Gefühl in ihm aus, das er schon sehr lange nicht mehr spüren durfte. Es hatte Ähnlichkeit mit etwas, das man in seiner Sprache »Mut« nannte oder vielleicht »Selbstvertrauen«, ganz genau wusste er es nicht. Doch dieses Gefühl genügte, damit er dem vor ihm Stehenden in die Augen blicken konnte.

Ein mildes Lächeln strahlte ihm von dort entgegen! Ein Sonnenaufgang in einem menschlichen Gesicht! Eine Freude, die aufstieg und sich ausbreitete, um anzustecken!

»Warum war dieser Mann so fröhlich?«, dachte Joshua. War das Vorfreude?

Wusste der Wanderer vielleicht erneut im Voraus, dass auch er, der Schüchterne, eine Frage stellen wollte? Und kannte er vielleicht auch diese Frage bereits und höchstmöglich sogar die Antwort dazu? Ein ungutes Gefühl in seinem Magen kroch langsam in Richtung Hals und hätte beinahe gereicht, seinen soeben erworbenen Mut zu ersticken. Gerade wenn er an seine Frage dachte, die wirklich alles andere als vernünftig war. Und unvernünftige Fragen sollte man nicht stellen, hatte er im Vernunfthaus gelernt. »Fantasien und Träumereien«, so sprach sein Lehrer, »sind Phänomene der Kindheit und gehören in den Kindergarten.«

Dort war Joshua aber schon lange nicht mehr – im Gegenteil, in einem Jahr sollte er seinen Abschluss machen und den Beweis liefern, dass er ein guter Schüler gewesen war. Vielleicht war er eben keiner, sondern ein Phantast, ein Träumer, vielleicht war er wirklich der, für den ihn die Gelehrten vom Vernunfthaus hielten: Ein Taugenichts!

Ein kurzer Blick in die Augen des Alten reichte, um diese dunklen Gedankenwolken zum Stillstand zu bringen, bevor es aus ihnen zu regnen begann. Er besann sich seiner Frage, die ihn schon seit vielen Jahren quälte, und er wusste, dass kein hiesiger Erwachsener sie beantworten konnte. Seine Sehnsucht, eine Antwort darauf zu finden, war für ihn wie ein Gebet, das er täglich ins Universum schickte. Ein Rest von Unsicherheit ließ ihm sein Herz fast in die Hosen fallen, und er traute es dem Seher zu, dass er den Aufprall hören könne. Diesen weisen Mann jedoch einfach ziehen zu lassen, ohne die Frage zu stellen, käme einem inneren Sterben gleich, einem Begräbnis der eigenen Intuition.

Wenn nicht jetzt, wann dann, wallte es in seinem Herzen auf und gab ihm die Kraft, Folgendes zu fragen: »Können Sie mir sagen, wo mein Drache ist?«

Solche unvernünftigen Fragen bekam der Mann nur selten gestellt! Umso mehr freute er sich darüber und begab sich sogleich in die Stille, um die Antwort zu erlauschen. Es dauerte eine Weile, bis er seine Augen öffnete und die Bilder, die er in der Stille sah, zu Worten formte, zu Wasser des Lebens, das der Junge wie ein Schwamm in sich aufsog.

»Ein Ruf hat dich ereilt, mein Junge, der aus dem Land der Empfindsamkeit gesandt wurde, um das Unheil des Vergessens zu beenden. Das Erwachsenwerden hat dich weggeführt und mit Vernunft ausgestattet. Du hast etwas zurückgelassen, was zu dir gehört: deinen Glücksdrachen!

Er möchte mit dir sein, denn das ist seine Bestimmung. Zusammen seid ihr auf diese Welt gekommen, um zusammen das Leben zu meistern. Ohne ihn lebst du nur halb; nur am Eingang einer tiefen Höhle, die ihr Menschen ›Leben‹ nennt. Ihr kennt nicht die unendlichen Tiefen eures wahren Wesens. Ihr gebt euch zufrieden mit oberflächlichem Vergnügen. Dein Drache hingegen ist im Inneren dieser Höhle zu Hause, im Empfindungsvermögen. Dort wurde er von der rauen Menschenwelt so lange verletzt, bis du beschlossen hast, ihn zu schützen – und somit auch dich selbst. So gingst du fort, und hast hinter dir alles zugeschüttet, damit niemand mehr deinem Freund, dem Drachen, etwas zu Leide tun konnte. Nicht er hat dich verlassen, sondern du ihn.

Zwei Freunde sollten jedoch zusammen sein, denn gemeinsam sind sie stark! Der Drache hat keine Angst vor Gefühlen, ob sie nun angenehm oder unangenehm sind. Du jedoch, mein Junge, fürchtest dich davor, ohne es zu wissen, so wie die meisten deiner Mitmenschen, die ebenfalls ihren Drachen versteckt haben.

Es gehört ein unglaublicher Mut dazu, in die Tiefen seiner eigenen Empfindsamkeit vorzudringen, doch der Lohn dafür wird unendlich groß sein. Den verschütteten Drachen zu finden, bedeutet nämlich, eine gewaltige Kraft freizulegen, die darauf wartet, gelebt zu werden. Nur wenige wagen diese Reise in ihre eigene Verletzlichkeit. Und jenen, die es geschafft haben, steht ein Zeichen auf der Stirn. Es durchstrahlt die ganze Menschenwelt und erweckt die Sehnsucht nach sich selbst. Deine Zeit ist gekommen, mein Junge, um den Drachen zu finden, darum hast du mich gerufen. Doch höre meine letzten Worte! Sie sind sehr wichtig!«

Nach einem Atemzug Pause begann der Alte, fast mit heiliger Stimme, seinen letzten Satz zu sprechen, indem er seine Hand auf den Kopf des Jungen legte. Hell und klar klangen jetzt seine Worte, als ob er dem Knaben sein scheinbar verlorenes Leben neu einhauchen wollte.

»Sei tapfer und entschlossen, mein Junge! Lass dich durch nichts erschrecken und verliere nie den Mut, egal was kommen mag!«

Mit diesem Satz schloss der Alte sanft seine Augen, und zugleich erschien auf seiner Stirn ein feuerspeiender Drache, der so hell leuchtete, dass Joshua wie durch eine Sonne geblendet wurde.

Nachdem es ihm wieder möglich war, die Augen zu öffnen, war der alte Mann verschwunden. Nur seinen Hut schien er auf der Bank vergessen zu haben. Joshua nahm ihn an sich wie ein Geschenk des Himmels. Langsam kullerte eine Träne seine Wange herab, die jedoch nicht mit Traurigkeit getränkt war, sondern mit Glück.

Die mit Kraft geladenen Worte, die er gehört hatte, hinterließen tiefe Spuren in seiner Seele. Immer wieder klang der letzte Satz in seinen Ohren, den der Seher gesprochen hatte. Lange dauerte es, bis er seinen Heimweg, mit dem Hut in der Hand, antrat. Leider konnte er mit niemanden über dieses Erlebnis sprechen, da er der Einzige im Land und wahrscheinlich auf dem ganzen Planeten war, der noch ein Restgefühl von Drachenkraft in sich spürte. Doch reichte diese Kraft aus, um in dieses Land der Empfindsamkeit vorzudringen?

Es gab keine Wahl, wollte er sich und den zukünftigen Kindern und Jugendlichen die Leere ersparen, die ohne Drachenkraft zwangsläufig als Loch in der Seele nach ständigem Füllen verlangte.

Ein pulsierender Ton machte sich in ihm breit: der Herzschlag des Kriegers, der gerade das Licht der Welt in ihm erblickte! Oder war es sein Drache?

Jedenfalls fühlte sich das Picken in seinem Herzen so an, als ob etwas aus einem Ei schlüpfen wolle, und Drachen schlüpfen ja aus Eiern, das hatte er bereits vor vielen Jahren in seinen geliebten Fantasybüchern gelesen.

Bei all der Aufregung bemerkte Joshua nicht, dass ihm der Hut des Alten, den er bei sich trug, inzwischen entglitten war. Erst als seine Gedanken langsam zur Ruhe kamen und noch einmal das Geschehene in Zeitlupe reflektierten, bemerkte er seinen Verlust. Er musste nicht weit zurückgehen. Da lag der Hut schon mitten auf dem Weg.

Gerade als er sich nach ihm bückte, entdeckte er eine Leuchtschrift, die ringsum im inneren Hutrand aufleuchtete. In der Vorahnung von etwas Geheimnisvollem und mit einem flauen Gefühl in der Bauchgegend las er folgende Worte: »Nicht jeder ist dazu bestimmt, diese Leuchtschrift zu sehen, nicht jeder ist dazu bestimmt, sie zu verstehen!« Kaum hatte er diesen Satz gelesen, verblassten die Worte und sofort leuchtete eine neue Botschaft auf: »Den Drachen findet man nicht außen, sondern innen. Nicht in der Zukunft und nicht in der Vergangenheit; und kein Weg führt dorthin. Er wird sich von selbst offenbaren, sobald ein innerer Ruf sich nach ihm sehnt.« Wiederum verblasste das Geschriebene, doch diesmal leuchtete keine neue Botschaft mehr auf.

Gern hätte Joshua weitergelesen, denn eigentlich hatte ihn das Gelesene mehr verwirrt, als ihm gezeigt, was er zu tun hatte. »Sobald ein innerer Ruf sich nach ihm sehnt«, stand da geschrieben. Was bedeutete das? Er wusste es nicht.

Vielleicht kann man es auch nicht wissen, blitzte ein Gedanke durch sein Gehirn und gab ihm die Gelassenheit, das Gelesene einfach wirken zu lassen, ohne darüber nachzudenken. In vollem Vertrauen, dass alles zum richtigen Zeitpunkt gut wird, nahm er den Hut nun fest an sich und hoffte, später weitere Hinweise zu erhalten, egal woher sie auch kommen mochten.

Eines war sicher, sein Leben war innerhalb weniger Minuten auf den Kopf gestellt worden! Oder war es gerade das Gegenteil? Stand es bisher vielleicht auf dem Kopf, und wurde es jetzt auf zwei standfeste Beine gestellt, die bereit waren, mit Intuition und Gefühl das verlorene Glück zu finden?

Als die Sonne an diesem Tag ihre Strahlen langsam zurückzog und sich rot schimmernd am Horizont von den Erdenbürgern verabschiedete, schien es, als wäre die Luft mit wundervoller Energie geschwängert. Rechtzeitig vor der Dunkelheit zu Hause angekommen, genoss Joshua noch einmal die Abendstimmung dieses besonderen Tages, bevor er ins Haus ging. Sein verträumter Blick schweifte weit hinaus ins Universum und wurde von dessen Grenzenlosigkeit verschluckt. Seine Gedanken versanken im unendlichen Raum.

»Wo bist du?«, flüsterte eine innere Stimme in ihm. »Wo bist du, mein Freund?«, klang ein Ruf tief in seiner Seele. Und just in diesem Augenblick ging am rötlich schimmernden Horizont ein funkelnder Stern auf, einer, den man bisher noch nie gesehen hatte. Das Herz weit offen vor Staunen und mit Tränen in den Augen verfolgte er demütig diese Neugeburt, und zugleich offenbarten sich ihm unzählige, unendliche Lichter am Firmament.

Da begann es plötzlich zwischen seinen Augenbrauen zu jucken! Erst wenig, dann immer deutlicher. Und je länger er sternenversunken die Welt da draußen in sich aufnahm, desto kräftiger begann etwas auf seiner Stirn zu leuchten, genauso hell wie der neue Planet am Abendhimmel.

Sein Glücksdrache war zurückgekehrt, strahlender und heller als je zuvor. Und mit ihm die Lebensfreude, die Hand in Hand mit dem Drachen aus der Eierschale schlüpfte. Beide tanzten auf seiner Stirn einen Freudentanz der Befreiung. Joshua spürte, wie dieser Tanz zugleich eine innere Mauer zum Einsturz brachte, von der er bisher überhaupt keine Ahnung hatte, dass sie vorhanden war. Und als er das Bild genauer ansah, das in ihm aufleuchtete, da stand neben der eingestürzten Mauer der alte Seher mit seinem Stock in der Hand und schlug gerade die letzten Steine aus der Wand.

Dabei grinste er übers ganze Gesicht und schien sichtlich zufrieden mit seiner Arbeit. »Dieses liebevolle Schlitzohr«, dachte Joshua,

»das hat der Alte bestimmt alles im Voraus gewusst und mir nichts davon gesagt!« Vielleicht war es aber notwendig, nichts zu wissen, um in dieses Niemandsland der Intuition überhaupt vordringen zu können, wo sein Drache auf ihn wartete.

»Wahrscheinlich ist Wissen sogar ein großes Hindernis auf dem Weg zum Glück«, klang eine leise Stimme aus Joshuas Herz.

»Ja, so ist es«, bestätigte der Drache auf der Stirn und meldete sich mit diesen klaren Worten aus dem Niemandsland zurück.

In jener Nacht, in der ein glücklicher Junge und ein glücklicher Drache gemeinsam in ihrem Bett die Augen schlossen, huschte eine Sternschnuppe der Dankbarkeit durch das Universum und beendete einen schicksalhaften Tag.

Von diesem Tag an führte Joshua ein Glücksdrachenleben! Er wollte seinen Freund nie mehr verlieren und dazu musste er ehrlich werden, besonders zu sich selbst, mit allen dazugehörigen Konsequenzen. So oft es ging, bemühte er sich mit aller ihm zur Verfügung stehenden Kraft, authentisch zu bleiben; das zu sagen, was er dachte, und das zu tun, was er sprach. Dies gelang ihm nur, weil er die Worte des großen Sehers nie mehr vergessen hatte. Sie ruhten wie ein Segen auf ihm.

Im Laufe der Zeit durfte er erfahren, dass Phantasie und Kreativität wichtige Eigenschaften sind, Schöpfungskräfte im Gehirn, welche die Grenzen des Verstandes überschreiten und dort eindringen können, wo die Vernunft keinen Zugang hat. Dort, wo die versteckten Glücksdrachen leben und darauf warten, von ihren Menschenfreunden gefunden zu werden.

Nach und nach wurden immer mehr Bewohner des Planeten Erde auf die Andersartigkeit des Jungen aufmerksam. Sie konnten sich nicht vorstellen, woher das Funkeln in seinen Augen kam und die kraftvolle Wirkung seiner Worte. Als sie ihn danach fragten, erzählte er immer wieder von seinem wunderbaren Erlebnis.

Und so kam es, dass sich die Geschichte von »Joshua und dem Glücksdrachen« auf den Weg machte, um alle Menschlinge und Erwachsenen, die noch einen Funken Drachenkraft in sich verspüren, an ihr verborgenes Glück zu erinnern. Damit man sie nicht wieder vergisst, so wie man vielleicht seinen Drachen vergessen hat, wurde sie aufgeschrieben. Zugleich steht sie jeden Abend am Firmament und funkelt zwischen den Sternen. Doch nur ein unschuldiger Blick hat die Möglichkeit, sie zu sehen, und nur eine sprudelnde Fantasie gibt die Voraussetzung, sie zu lesen.

Und die Botschaft zwischen den Zeilen lautet: »Seid tapfer und entschlossen, lasst euch durch nichts erschrecken, und verliert nie den Mut, egal was kommen mag!«

Ende

Beinahe wäre ich durch das eigene Summen eingeschlafen oder bin ich es sogar? Der Vollmond steht hoch am Himmel und verleiht dem ruhenden Meer eine schimmernde Decke wie aus glitzerndem Schnee. Seine Kraft begleitet mich in dieser Nacht. In solchen Nächten fließen die Wörter wie aus einer unsichtbaren Quelle direkt in meine Seele. Von dort müssen sie nur noch vom Verstand abgeholt und auf den Laptop übertragen werden. Keine Anstrengung, kein Denken, welch ein Geschenk!

* * *

Endlich die Wahrheit

Der Möbeltransporter brummte vor sich hin. Rechts neben mir saß meine Mutter, traurig in sich gekehrt. Links neben mir saß ein eben gewonnener Freund, der von nichts eine Ahnung hatte und doch alles verstand. Er hatte es mir nicht übel genommen, dass ich schlitzohrig gehandelt hatte. Ich glaube sogar, er war beeindruckt von der Tat, die ich vollbracht hatte, weil er selbst aus eigener Erfahrung wusste, wie viel Mut dazu gehörte, sich gegen meine Mutter aufzulehnen. In der Mitte saß ich glückselig mit meinem Heft in der Hand wie ein Kommunionkind mit seiner Kerze, nachdem es all seine Geschenke bekommen hat.

Niemand sprach ein Wort. Die wortlose Stille heilte alle Verletzungen, die wir uns gegenseitig zugefügt hatten. Es war Mitternacht, als wir ankamen und nur noch die Matratzen schleppen konnten, sonst nichts mehr! Wir schliefen alle im gleichen Zimmer, als wollten wir uns nie mehr trennen. Es war das erste Mal, dass ich ein Gefühl von Familie hatte. »Vielleicht ist für dieses Empfinden ein leiblich anwesender Vater nicht unbedingt notwendig«, ahnte ich und schlief bald ein.

Ein neuer Tag brach an! Ein neues Leben!

Als ich die Augen öffnete, blinzelte die Sonne durch eine verstaubte Fensterscheibe. Ein Duft von frischem Kaffee drang in meine Nase und teilte mir mit, dass es Frühstück gab. Das Frühstückszimmer war exklusiv dekoriert: drei Kisten im Kreis als Sitzgelegenheit, eine in der Mitte als Tisch, drei Tassen, drei Teller mit Messer und drei kleine Löffel. Drumherum das Nötigste, um nicht zu verhungern – Knäckebrot und Margarine. Trotz aller Bescheidenheit gab es Fülle! Sie strahlte aus den Augen der beiden Menschen, die vor mir saßen. Anscheinend hatten sie sich bereits unterhalten. Das Thema war klar.

»Komm, setz dich, mein Sohn«, lächelte meine Mutter und schien ihre Schuldgefühle beim Aufstehen liegen gelassen zu haben. Oder hatte sie Sebastian für sie hinuntergeschlürft, so klang es jedenfalls aus der Tasse Kaffee, die er gerade an seine Lippen presste.

Schuldgefühle empfand ich ohnehin als ein klebriges Geflecht aus Gedanken, die einen immer daran hindern, glücklich zu sein. Das Wort Verantwortung und dessen Bedeutung gefiel mir wesentlich besser und krümmte keine Rücken.

Ich lächelte zurück, schielte anschließend zu Sebastian hinüber in der Hoffnung, das gleiche Wohlwollen zu erhaschen. »Hier, willst du Kaffee«, streckte er mir mit einem breiten Grinsen eine gefüllte Tasse entgegen und hob damit die Stimmung der Anwesenden auf höchstes Niveau.

Der Blick meiner Mutter schweifte kurz im Raum umher, bevor er sich auf meinem Gesicht niederließ wie ein Sonnenstrahl auf einem zarten Veilchen. Meine Blüten öffneten sich und labten sich an diesem Morgenschein in der Hoffnung, dass es nicht plötzlich zu regnen beginnen würde, wie so oft. Das tat es nicht. Es blieb sonnig, und ihre Worte, als sie anfing zu sprechen, höre ich bis heute in mir klingen:

»Tom, mein Lieber, ich möchte dir die Wahrheit sagen!«

Diese Anrede war auf jeden Fall erfolgversprechend und lechzte nach mehr. »Dein Vater und ich liebten uns. Wir waren unschuldig und naiv. Die Welt lag uns zu Füßen. Aus dieser Liebe bist du hervorgegangen. Eigentlich könnte ich hier aufhören zu erzählen. Es war rundum schön!

Nun sind Beziehungen nicht etwas Statisches, etwas, was man kaufen kann oder was ›all inclusive‹ buchbar ist wie eine Urlaubsreise. Man kann sie auch nicht versichern mit einer Police, damit sie ewig halten. Sie sind beweglich, brauchen Pflege und auch Schutz. So etwas lernt man nicht in der Schule, meistens auch nicht von Eltern oder Freunden.

Man lernt es, indem man sie lebt. Dabei werden auch sogenannte Fehler gemacht oder besser gesagt, Dinge getan, die oft nicht rückgängig gemacht werden können.

Junge Menschen, wie wir es damals waren, sind unerfahren und glauben, alles zu können und zu wissen. Das ist leider nicht so. Die Jugend hat die Kraft, okay, sie hat den Mut, etwas Neues zu wagen, unvernünftig und herausfordernd zu sein. Auch besitzt sie unglaubliche Intelligenz und Fortschritt. Doch ›Zuverlässigkeit‹ und ›Beständigkeit‹ gehören weniger zu ihren Attributen. Und die sollte man nicht unterschätzen!

Dein Vater war ein toller junger Mann. Er strahlte voller Zuversicht und Lebenskraft, wie ein wildes Pferd, das niemand bändigen konnte. Seine Kindheit war nicht einfach gewesen. Seine beiden Eltern starben bei einem Verkehrsunfall, bei dem er mit im Auto saß. Nur er überlebte das Unglück, wie durch ein Wunder vollkommen unverletzt. Dieses Erlebnis prägte sein Leben. Oft sagte er: ›Alles ist vergänglich, lass uns heute leben und nichts auf morgen verschieben.‹

Als du zur Welt kamst, war er überglücklich. Sein Vaterinstinkt erwachte, und jede freie Zeit verbrachte er mit dir beziehungsweise mit uns. Er war sehr achtsam, sich nicht in der Welt zu verlieren, sondern sie zu durchschauen mit allem, was dazugehörte; besonders sich selbst.

Eines Tages stand er auf, packte seine Sachen, blickte mich mit Tränen in den Augen an und sagte: ›Ich bin nur eine Marionette und dazu noch eine kaputte. Ich habe mir all die Jahre vorgemacht, stark zu sein. Jetzt weiß ich, es war nur ein Kampf, um zu überleben!

Ich muss gehen, um mich selbst zu finden. Sonst wird mein Sohn einen Vater als Vorbild haben, der nur aufgrund seiner Not stark geworden ist; nur blind auf seine unbewusste Angst reagiert hat. Diese Stärke ist nicht die wahre Stärke, sie führt früher oder später zu Krankheit und Unglück, aus der sie geboren ist. Kompensierende Ohnmacht ist das passende Wort für diese scheinbare Macht. Ich werde zurückkommen, das verspreche ich.‹

Zuerst dachte ich, er mache Spaß, doch als er zu dir ging, dich an sich drückte und zu dir sagte: ›Tom‹, das war sein Kosename für dich, ›eines Tages werden wir uns wiedersehen, dann werde ich dir alles erklären. Verzeih mir, mein Sohn!‹, da wusste ich, er meinte es ernst. Der Schock lähmte meine Beine und meine Stimme, ich konnte nur noch zuschauen, wie er aus der Tür verschwand.

Du wolltest ihm nach und riefst: ›Papa ich will mit.‹ Er drehte sich nicht mehr um.

Es war eine harte Zeit für mich, das alles zu verkraften und zu verstehen. Daraus entstand eine große Ablehnung gegenüber dem Mann, den ich so geliebt hatte. Und der ganze Frust wurde oftmals auf dich projiziert. Damit ist jetzt Schluss!«

Bei dem Wort »Schluss« blickte Mutter kurz zu Sebastian, so als wolle sie fragen, ob sie nichts vergessen habe. Er lächelte ihr entgegen, stand auf und nahm sie in die Arme.

Sie weinte, was eine ansteckende Wirkung auf mich hatte. Nicht zuletzt deshalb, weil mir bewusst wurde, dass Vater mich Tom nannte; ich im Grunde genauso speziell getauft war wie mein Freund Huck. Er rief mich beim gleichen Namen, den ich mir vor einiger Zeit selbst gegeben hatte, ohne viel darüber nachzudenken. Das konnte auf keinen Fall Zufall sein. Da musste es eine Verbindung geben, eine Frequenz, auf der wir uns näher waren, als man sich vorstellen konnte. Diese Frequenz galt es zu erspüren.

Doch momentan gab es noch etwas Dringlicheres, dass sich in den Vordergrund drängte. Mit einem erwartungsvollen Blick an meine Mutter gerichtet, hoffte ich eine Antwort auf eine sehr wichtige Frage in mir zu bekommen: »Weißt du, warum Papa nicht mehr zurückgekommen ist, obwohl er es versprochen hat?«

Dabei bemerkte ich, dass sich zum ersten Mal das magische Wort – Papa – in mein Vokabular geschlichen hatte.

Nachdenklich holte sie Luft und antwortete: »Das kann ich

dir nicht sagen, Tom. Doch sein letzter Satz klang folgendermaßen: ›Ich werde bis ans Ende der Welt gehen, wenn es nötig ist, um meine wahre Kraft zu finden.‹ Danach verschwand er für immer. Für diese letzten Worte hätte ich ihm am liebsten eine Ohrfeige gegeben, wenn ich gekonnt hätte.

In solch einem Augenblick hat man nur Wut im Bauch, aber kein Verständnis. Ich fühlte mich absolut im Stich gelassen und oftmals überfordert. Dieses Gefühl der Ohnmacht war zugleich die Brutstätte für Wut und Hass. Dunkle Emotionen spucken Gift, die einen jedoch meistens nur selbst zerstören. Das lernte ich in einer Therapie, die ich damals machen musste, um das Ganze überhaupt ertragen zu können, wovon du nichts mitbekommen solltest.

Mein Hass gegenüber deinem Vater hat sich bis heute nicht ganz gelegt, aber das ist eine Sache zwischen ihm und mir und hat nichts mit dir zu tun. Vielleicht verschwindet eines Tages auch noch dieser kleine Rest an emotionaler Verletzung. Ich werde mich jedenfalls darum bemühen!

Warum Stefan nicht mehr zurückgekommen ist, kann dir letztendlich nur er selbst beantworten. Meine innere Enttäuschung hat aufgegeben, danach zu fragen. Im Grunde glaube ich, dass er nicht das Ende der äußeren Welt gesucht hat, sondern das Ende seiner inneren Welt. Lediglich zu deinem fünften Geburtstag schickte er ohne Absender den ›Glücksdrachen‹ und vor ungefähr zwei Jahren einen Brief, der auch in der Schatulle lag, den du aber übersehen hast. Vielleicht findest du darin eine Antwort.«

Sie öffnete ihre Schatzkammerschatulle, die sie hinter einer der drei Kisten versteckt hatte und überreichte mir den Brief. Er befand sich noch ungeöffnet in einem Kuvert. Ich las ihn still, nachdem ich einen Schluck aus der Kaffeetasse genommen hatte, die ich seit fünfzehn Minuten verkrampft in den Händen hielt.

»Lieber Tom,

Du wirst sicherlich nicht verstehen können, wie ein Vater so etwas tun kann, was ich getan habe. Aber glaube mir, es ist immer anders, als man denkt.

Es gibt Dinge im Leben, die tut man nicht aus einer Quelle der Vernunft heraus. Der Sinn solcher Handlungen, ist schwer zu begreifen, sie sind im Grunde sinn-los, aber notwendig, damit sich etwas Neues offenbaren kann. An solchen Lebenskreuzungen fehlt einem oftmals die emotionale Freiheit, denjenigen Weg zu wählen, der die geringsten Spuren hinterlässt. Im Nachhinein zu sagen, was man besser machen hätte können, hilft niemand weiter. Meine Art, mit solchen Geschehnissen umzugehen, ist es eher, etwas daraus zu lernen und die Bereitschaft zu haben, es in Zukunft besser machen zu wollen.

Wenn du im Leben jemals an so einem Punkt stehen solltest, dann wirst du mich verstehen. Und dieser Punkt wird kommen, wenn Wachstum dich zwingt, zu handeln. Entwicklungsprozesse fordern manchmal unliebsame Wege, die man nicht einfach überspringen kann. Das ist leider oft das Dramatische dabei. Und unsere Trennung ist etwas Dramatisches.

Ich hoffe, Du wirst Dich, sobald Du erwachsen bist, auf den Weg zu mir machen. Es fällt mir aus bestimmten Gründen schwer, zu Dir zu kommen. Gründe, die ich Dir heute noch nicht mitteilen kann.

Zu Deinem fünften Geburtstag habe ich eine Geschichte geschrieben und Deine Mutter gebeten, sie Dir öfter mal vorzulesen. Auch wenn Du sie als Kind vielleicht noch nicht verstanden hast, so sollte sie Dir als Klang in der Seele zu der Kraft verleihen, die ich Dir als abwesender Vater nicht geben konnte.

Tom, mein Sohn, ich hoffe, es geht Dir trotz allem gut!

Dein dich liebender Papa!«

Mutterliebe ist kostbar

Langsam legte ich den Brief beiseite, währenddessen mich vier Augen erwartungsvoll anblickten. Ein grübelnder Gesichtsausdruck half mir, etwas Zeit zu gewinnen. Den Inhalt konnte ich auf keinen Fall sofort preisgeben. Über Schuld zu philosophieren, war doch etwas leichter für mich, als sie zu vergeben. Wenigstens einen Satz als Eingeständnis für sein Fehlverhalten hätte er schreiben können. Das hätte ich mir insgeheim gewünscht. Meine Toleranz stieß deutlich an ihre Grenze und zog vor das moralische Gericht. So einfach sollte er nicht davonkommen. Es musste eine Verurteilung geben, wenigstens eine mentale. »Das Geschriebene stellt doch nur einen verzweifelten Versuch dar, jemandem eine unvernünftige Tat als unausweichliches Übel zu verkaufen, das man zu akzeptieren hatte, auch wenn es einen Sohn den Vater gekostet hat«, dachte ich.

Der Richterspruch war gefällt. Doch ich war noch weit davon entfernt, mich innerlich ausgeglichen zu fühlen. Sich widersprechende Emotionen wallten auf und eine tiefe Enttäuschung machte sich breit.

Vielleicht hatte ich mir einfach zu viel erhofft: eine gefühlvolle Entschuldigung, ein paar liebevolle Worte oder sonstige Nettigkeiten. Außer vielleicht über »Dein Dich liebender Papa«, gab es keinen Grund zur Freude. Und sogar dieser Schlusssatz klang irgendwie förmlich und abgedroschen.

Hinzu kam ein leichter Unmut über die Tatsache, dass meine Mutter mir den Brief vorenthalten hatte. Diese erahnte bereits meine nächste Frage und verwies ihre eigene Neugierde, etwas über den Brief zu erfahren, kurzerhand in die Warteschleife. Ohne eine Aufforderung von mir fuhr sie fort: »Oft wollte ich dir den Brief geben, Tom, aber jedes Mal hatte ich Angst, dich zu verlieren. Du trägst das Abenteuerblut deines Vaters in dir, und ich wusste, wenn es beginnt zu zirkulieren, dann wirst du mich verlassen und deinen Vater suchen. Jetzt verstehst du, warum ich Huck ablehnte. Seine rebellische Art erweckte etwas in dir, was mir große Angst bereitete und mich an Stefan erinnerte. Ich glaube, es ist der Augenblick, vor dem sich die meisten Mütter dieser Welt fürchten.

Es ist der Augenblick, indem ein Junge zum Mann wird und so werden könnte wie sein Vater. So werden könnte wie der Mann, den man einst liebte, bevor man von ihm enttäuscht wurde. Im Grunde kann man das nicht verhindern, nur hinauszögern. Und wenn es Huck nicht gewesen wäre, dann wäre ein anderer gekommen; das weiß ich inzwischen.«

»Vielleicht ich«, lächelte Sebastian herüber und versuchte damit die prickelnde Atmosphäre etwas aufzulockern.

»Ja, vielleicht du, Sebastian«, lächelte sie zurück.

Meine Stimmung war noch zu angespannt, um sich dem fröhlichen Gezwitscher der beiden anschließen zu können. »Wollt ihr überhaupt nicht wissen, was in dem Brief steht?« Mit dieser Frage hatte so schnell niemand gerechnet, am wenigsten ich, der mit all den Neuigkeiten der letzten zwanzig Minuten nun richtig überfordert war und unter Druck stand.

»Doch, das möchte ich«, folgte prompt die Antwort meiner Mutter, während Sebastian schwieg, »obwohl es vielleicht auch gut ist, es nicht zu wissen. Entscheide du!«

»Na, dann möchte ich das Ganze erst mal für mich behalten«, platzte es aus mir heraus, wobei mein verlegener Blick an ihr vorbeihuschte.

Mir war klar, dass dieser Brief nicht gerade dazu beigetragen hätte, Frieden zu stiften, genau das Gegenteil wäre vermutlich der Fall gewesen. Über Reumütigkeit und Verantwortung gab es darin wenig zu lesen, auch fehlte der zusätzliche Gruß an die Person, die sich seit meiner Geburt aufopfernd um mich gekümmert hatte und vom Verfasser des Briefes kläglich im Stich gelassen worden war.

»Toller Vater«, zischte ein Funke Ironie aus dieser Blitzanalyse hervor, überraschenderweise war aber zugleich ein wenig Sympathie für seine Worte spürbar. Mittlerweile konnte ich sogar einen leisen positiven Nachklang hören – ich als Sohn, der tief in seiner Seele doch auch froh war, endlich etwas von seinem Vater zu hören zu bekommen.

Vielleicht war mein Richterspruch ungerecht? Waren es im Grunde vielleicht doch klare und reflektierende Zeilen, die zu einem anderen Zeitpunkt und bei fairer Betrachtung ihre Berechtigung hätten?

»Das auf Hass programmierte Ohr meiner Mutter wird sicherlich nur Misstöne beim Lesen wahrnehmen«, dachte ich und witterte Kriegsgefahr. Stress! Etwas zog mich in zwei verschiedene Richtungen und verursachte große Spannung. Der Schiedsrichter, mit der Pfeife in der Hand, hatte das Spielfeld der elterlichen Streitarena betreten.

Um der Frau vor mir schnellstmöglich die Hoffnung zu rauben, ihrem Gegner, der mit seinen Brief für Angriffslaune gesorgt hätte, gleich auf die Füße treten zu können, schickte ich meiner schroffen Aussage von eben gleich noch die dazugehörige Dominanz hinterher: »Vielleicht kannst du den Brief irgendwann einmal lesen, wenn es passt.« Die Betonung lag auf »wenn es passt«. Mit diesem kompromisslosen Schlusspfiff, entschärfte der Schiedsrichter die gefährliche Situation, ohne auch nur einen Hauch an Spielraum für eventuelle Einwände zu lassen.

Es dauerte fast eine Minute, bis meine Mutter die Schiedsrichterentscheidung schluckte, wobei Sebastian etwas nachhalf, indem er zu ihr ging und mit einer leichten Schultermassage die Schweigeminute überbrückte. Ihre große Neugierde nicht befriedigt zu bekommen, dazu noch Machtverlust, das waren keine Leckerbissen, wie an ihrer Mimik und dem zu Boden gerichteten Blick deutlich abzulesen war.

Der Masseur machte es möglich, dass die harte Kost gut verdaut wurde und keinen bitteren Nachgeschmack hinterließ und auch keine Vorwürfe oder endlose Gegenargumente nach sich zog. Im Gegenteil, zwei Arme streckten sich mir entgegen, zwei Augen strahlten mich an, und für eine liebevoll lächelnde Mutter schien es nichts Schöneres zu geben, als ihren Sohn in die Arme zu schließen, der nun auch dazu bereit war, fröhlich mitzuzwitschern.

Nebenbei galt mein dankbarer Blick dem Mann mit den begnadeten Händen, der stolz auf einer der Kisten Platz genommen hatte und sich mit einer frischen Tasse Kaffee selbst belohnte. Dabei verfolgte er mit breitem Grinsen die vor ihm stattfindende Kuschelei.

An diesem ersten Tag in der neuen Wohnung am Bodensee begann eine neue Ära der Beziehung zwischen meiner Mutter und mir. Sie fing an zu realisieren, dass ihr Sohn kein kleiner Junge mehr war, den es ständig zu kontrollieren und zu beschützen galt. Selbstverantwortung als Erziehungsziel hatte für sie ab sofort oberste Priorität. Es erforderte großes Vertrauen von ihr, mir mehr Freiraum zu geben, was am Anfang nicht leicht für sie war. Doch Mutterliebe ist zu allem fähig; nicht nur zu einer Bindung, sondern auch zu einer Loslösung. Wie lange es letztendlich dauert, ist zweitrangig. Wichtiger ist die bewusste Entscheidung dazu.

Mutterliebe ist kostbar. Sie ist bedingungslose Kraft, voller Mitgefühl und Verständnis. Leider wird sie oft von den Sorgen und Ängsten der Mütter überschattet. Diese möchten nur das Beste für ihre Söhne, bewirken aber mit ihrem Verhalten manchmal genau das Gegenteil. Ablehnung, Wut und Hass ist der undankbare Lohn, den sie dann dafür erhalten. Respektloses Verhalten von Söhnen bedeutet in vielen Fällen keine Geringschätzung ihrer Mütter, sondern ist vielmehr ein Kampf um die eigene Freiheit. Für Kinder sind Schutz und Bindung die Basis einer gesunden Entwicklung. Für Jugendliche kann es das Gegenteil bedeuten – Einschränkung und Hindernis. Unsichtbare, energetische, bindende Nabelschnüre können die freie Entfaltung der Persönlichkeit hemmen, was in der Pubertät zu Reibungen führt.

Doch Mütter können nicht nur Leben gebären, sondern auch Freiheit! Wenn ihnen das bewusst wird, entfaltet sich eine neue Form von Mutterliebe. Ein zweites Gebären findet statt, das Jahre dauern kann, aber nötig ist, um aus einen Jungen einen Mann werden zu lassen. Einen unabhängigen, individuellen Sohn zu haben, ist für manche Mütter nicht unbedingt wünschenswert. Es bedeutet, Abschied zu nehmen vom Gefühl der Unverzichtbarkeit. Das erfordert Mut und Selbstvertrauen ins eigene Leben.

Mutterliebe ist ein großer Segen. Ihren lebenspendenden Zweck kann sie jedoch erst voll entfalten, wenn sie von den Zwängen der eigenen Persönlichkeit befreit ist.

Meine Mutter wollte es schaffen, mich noch einmal zur Welt zu bringen und mich damit endgültig in die Welt hinein zu entlassen. Und sie hat es geschafft und dadurch alle ihre vermeintlichen Fehler – wenn man manche ohnmächtigen Erziehungsversuche so nennen darf – zum Guten gewendet.

Im Brief meines Vaters hatte ich Emotionalität und Mitgefühl vermisst – genau das, was meine Mutter durch und durch war, genau das, was ich zu Beginn meiner Jugend ablehnte, wenn es mich zu ersticken drohte. Dieser nährende Nektar der Liebe konnte nun endlich wieder fließen. Seine Konsistenz war noch immer die gleiche, Hingabe und Fülle, doch sein Geschmack hatte sich verändert: Er schmeckte jetzt mehr nach Freiheit statt nach Schutz!

Im Laufe der Jahre gelang es meiner Mutter mir das zu geben, was nur sie mir geben konnte – die Unabhängigkeit. Zwar mussten noch einige zwischenmenschliche Barrieren zwischen uns überwunden werden, doch der Anfang war gemacht.

* * *

»He, was ist los, Tom, du schreibst noch?«

»Hab ich dich geweckt, Vater? Entschuldige. Waren meine Gedanken zu laut?«

»Du Spaßvogel, ich sah noch Licht in deinem Zimmer.«

»Ich habe Joshua vorher deine Geschichte vorgesummt, und jetzt kann ich nicht mehr aufhören zu schreiben. Gerade ist das Kapitel dran, als Mutter mir deinen Brief gab.«

»Sie war eine tolle Frau, Tom, das kann ich dir sagen. Ich bin froh, dass ich ihr noch einmal begegnet bin und sich viele gegenseitige Verletzungen heilen konnten, bevor einer von uns beiden irgendwann das Zeitliche segnet.«

»Du und dein Galgenhumor, das wird sich wohl nie ändern!«

»Nein, Tom, das scheint wohl das Einzige zu sein, worin ich beständig bin«, grinst er übers ganze Gesicht. »Außerdem gehe ich wieder schlafen, um morgen früh pünktlich das Frühstück oder in deinem Fall das Abendessen für meinen schreibenden Nachtschwärmer servieren zu können. Gute Nacht, mein Sohn oder, besser gesagt, inspirierende Nacht.«

»Schlaf gut, Vater!«

* * *

Mentoren gibt es überall

Ein Jahr verging wie im Flug. Sebastian, meine Mutter und ich verbrachten eine wunderbare Zeit als Familie. Nachdem mein Vater nicht mehr als schwarzes Loch in meinem Bewusstsein schlummerte, sondern als reales menschliches Lebewesen existierte, wurde vieles leichter. Auch wenn mich sein damaliger Brief nicht gerade in Entzücken versetzte, so war er doch ein wichtiges Lebenszeichen und erweckte die Hoffnung, ihn irgendwann kennenzulernen.

»Ich hoffe, du wirst dich, sobald du erwachsen bist, auf den Weg zu mir machen«, hatte er geschrieben. Warum er nicht zu mir kommen konnte, blieb weiterhin ein Geheimnis, dessen Auflösung aber nur noch eine Frage der Zeit sein konnte.

Immer öfter kam es vor, dass meine Mutter liebevolle Geschichten aus der Zeit erzählte, als wir drei noch zusammenlebten. Das entspannte unser Verhältnis zu diesem Thema enorm, was mich nach einigen Monaten dazu brachte, ihr den Inhalt des Briefes mitzuteilen. Ihre Anmerkungen dazu blieben verhältnismäßig fair.

Zwischen Sebastian und mir entstand eine sehr spezielle Freundschaft. Er verstand es geschickt, eine vaterähnliche Beziehung zu mir aufzubauen, ohne den Anspruch zu erheben, mein Erzeuger zu sein. Der leibliche Vater ist nicht austauschbar und hat seine »Genspuren« hinterlassen, ob man will oder nicht. Seelische Väter hingegen gibt es überall. Man nennt sie auch Mentoren.

Zum damaligen Zeitpunkt kannte ich die Bedeutung eines Mentors noch nicht, erst viel später las ich Folgendes darüber:

Als Odysseus, der Herrscher von Ithaka, in den Trojanischen Krieg zog, übertrug er die Erziehung seines Sohnes Telemachos einem Gelehrten mit Namen Mentor. Telemachos entwickelte sich unter der Obhut Mentors zu einem selbstbewussten jungen

Mann. In früherer Zeit war es gang und gäbe, dass ältere und erfahrene Männer jüngere Männer in die Gesellschaft und die Arbeitswelt einführten. Der Begriff Mentor wurde so zum Synonym für »väterlicher Freund und Ratgeber«.

Jedenfalls wurde Sebastian mein väterlicher Freund und Ratgeber, da mein Vater in den »Krieg« gezogen war. Durch seinen Brief bekam ich eine leise Ahnung davon, welche inneren Kriege ein Mensch zu bestreiten hat, der sich nicht mit dem Bestehenden zufrieden gibt.

Von den vielen Geschichten des Alten Testaments, die unser alter Religionslehrer leidenschaftlich – zur Auflockerung des Unterrichts, wie er sagte – präsentierte, blieb mir eine stark in Erinnerung. Darin prüft Gott Abraham, ob dessen Hingabe an ihn stärker sei, als die Liebe zu seinem Sohn. Er fordert Abraham auf, seinen Sohn Isaak zu opfern!

In solchen Geschichten geht es nicht einfach um Schwarz oder Weiß, Gut oder Böse. Ich ahnte bereits damals, dass es noch eine Grauzone geben musste, eine, die der Verstand nicht erfassen kann. Vielleicht verband mich das Thema unbewusst mit meinem eigenen Schicksal – einen Vater zu haben, der meine Mutter und somit auch mich verlassen hatte.

Manchmal fühlte auch ich mich als Opfer eines Schicksals, das – unaufgeklärt wie manche Verbrechen – jahrelang ungesühnt auf Entdeckung wartet. Doch der Kommissar Tom Melander war gewillt, alles daran zu setzen, um zu erfahren, was wirklich geschehen war, was seinen Vater hinausgetrieben hatte, fort von seinem Sohn. Es musste jedenfalls etwas sehr, sehr Gewaltiges gewesen sein, das war ihm klar.

Früher hätte ich nie gedacht, dass eine dieser für mich suspekten Figuren, die von Zeit zu Zeit bei uns wohnten, jemals so viel Tiefe besitzen würde, dass mit ihnen eine nähere Beziehung möglich wäre. Doch nun gab es ihn, den Mentor, den väterlichen Freund, und wie so oft kam er zum passenden Zeitpunkt. Heute bin ich mir sicher, dass sie überall zu finden sind, als Großvater, Onkel, Trainer, Nachbar oder Freund der Mutter wie in meinem Fall. Sie sind da, mitten unter uns, doch muss das Herz bereit sein, sie anzunehmen. Sebastian war griffbereit und sichtbar, mein Vater blieb mysteriös und unsichtbar. Beide waren präsent, einer außen und der andere innen. Der eine war mein Erzeugervater, der andere wurde mein Ersatzvater beziehungsweise Mentor.

Es war die Zeit, in der der Hunger meiner Jugend nach Männlichkeit innerhalb eines Jahres durch eine reiche, unsichtbare Nahrung, jedenfalls zu einem gewissen Teil, gestillt werden konnte. In der Nähe eines Mannes, der in seiner wahren Mitte wohnt, gibt es nichts zu tun, außer zu lauschen. Jedes Wort, das er spricht, ist klangvolle Liebkosung der verletzten Kinderseele. Jede seiner Handlungen ist Vorbild und Ausrichtung für eine neue Identität. Jeder Blick, den er auf einen richtet, ist ein Sonnenstrahl, der verborgene Knospen öffnet und latente Begabungen zur Entfaltung bringt. Der Mentor ist die Hebamme, die einem Jungen zur männlichen Geburt verhelfen kann, sofern dieser bereit dazu ist.

Für mich war Sebastian ein Meilenstein in meinem Leben, der am Wegrand steht, ohne sich bewusst zu sein, welche wichtige Bedeutung er eigentlich hat. Der Unterschied zu Huck, meinem Freund, war lediglich das Alter. Doch was Alter und Reife bewirken können, wurde mir erst bewusst, als ich dieser männlichen »Sattheit« in Form eines authentischen, kraftvollen Mannes begegnen durfte.

Oft ist die Abneigung der Jugend gegen das Konservative, das Alte, das Beständige, das Feste, so stark, dass man die Qualität dessen nie erfährt. Ich durfte es!

»He, Tom, du Pfeife, bring doch die Flanke endlich in Kopfhöhe! Ja, endlich, jetzt kommt sie. Tor, Tor, Tor!«

Dieses Ritual des Flankens, des Kopfstoßes und der dazugehörige Jubelschrei war eine der Lieblingsbeschäftigungen von Sebastian und mir. Er hatte eine Knieverletzung aus seiner Zeit als bester Fußballer seines Vereins, so erzählte er es wenigstens. Deshalb beschränkte er seine fußballerischen Darbietungen lediglich auf Kopfstöße. Diese waren jedoch sehr wirkungsvoll, vielleicht auch deshalb, weil es bei unseren Trainings keinen Torwart gab.

Jedes Mal, wenn er den Ball verfehlte, beklagte er sich über meine unpräzisen Flanken. Der Ball musste genau auf seinem Kopf landen. Obwohl er in seiner Begeisterung meine Nerven etwas strapazierte, so liebte ich seine Flüche, seine Vorwürfe an mich oder seine eigenen Entschuldigungen, wenn der Ball am Tor vorbeiflog.

Es hatte eben keine therapeutischen Züge von Rücksichtnahme, Verständnis und erzieherischer Strategie, was Sebastian sagte oder tat. Er war einfach er selbst: emotional, fehlerhaft und im tiefsten Inneren vor allem eins: liebevoll. Und er mochte sich, trotz und mit all seinen Handicaps und Fähigkeiten. Und er mochte mich! Die Liebe zu sich selbst schien der Schlüssel zu seiner ausstrahlenden Lebensfreude zu sein, die mich tränkte und mir Vorbild war.

»Komm her, mein Junge«, winkte er mich einmal zu sich in den Strafraum, »setz dich zu mir, ich möchte dich mal was fragen.«

Nachdem er sich gesetzt hatte, lehnte er sich an den Torpfosten und bot mir die andere Hälfte des Pfostens. Dann begann er zu sprechen. Dabei blickten seine Augen in eine ganz andere Richtung als meine. Der umherschweifende Blick in die Ferne suchte offensichtlich nach passenden Worten, die irgendwo da draußen herumschwirren mussten.

So fühlte sich diese Art der Kommunikation jedenfalls an, die ich in diesem Augenblick als sehr wohltuend empfand.

»Ich habe gehört, du hast eine neue Freundin. Deine Mutter macht sich darüber etwas Sorgen. Du musst wissen, mich beunruhigt das überhaupt nicht, aber sie meinte, es sollte ein Mann erledigen.«

»Was sollte ein Mann erledigen?«, fragte ich ihn verwundert, obwohl ich ahnte, worum es ging. Dabei klopften drei Schläge Gaunerherz in meiner Brust, die wissen wollten, wie Sebastian diese, für ihn anscheinend heikle Situation, meistern würde.

»Na ja, ich meine das mit dem Verhüten und so.«

»Habe alles im Griff«, flutschte eine blitzschnelle Antwort aus mir heraus.

»Super, dann bring mal die nächste Flanke rein!« Er stand auf, ging in Kopfballposition und die Sache war geklärt.

Vielleicht erledigte er damals nur den Auftrag meiner Mutter. Ich bildete mir jedenfalls ein, dass er zugleich auch an meinem Wohlergehen interessiert war. Und genauso wünschte ich mir meinen Vater.

Ob ich wirklich alles in Griff hatte, möchte ich heute bezweifeln; aber das war egal. Die Tatsache, dass ich gefragt wurde, dass sich jemand um mich kümmerte, mir aber die Freiheit der Selbstverantwortung ließ, war der perfekte Erziehungsstil für mich. Sebastian wurde zum Fährmann zwischen meiner Mutter und mir.

Die noch immer hartnäckig dem Abnabelungsprozess trotzenden Mutterängste mit den dazugehörigen Fragen und Ratschlägen wurden auf der einen Seite des Flusses von ihm aufgenommen und zu mir herübertransportiert. Bevor er sie ablud, ließ er alles Unnötige über Bord gehen. Für diese Ballastentsorgung gilt ihm mein Dank noch heute.

Die Prinzessin und der Frosch

Die Zeit am Bodensee entpuppte sich als wahrer Kuraufenthalt. Erstens erlebte ich familiäre Gefühle wie nie zuvor, zweitens verliebte ich mich erneut; aber diesmal ohne Fegefeuer. Meine Persönlichkeit hatte bereits durch Huck einen wichtigen Impuls hin zu mehr Selbstvertrauen erhalten, doch die Beziehung mit Conny wurde letztendlich zum Quantensprung zu einem neuen Bewusstsein.

Diesmal geschah es nicht aus heiterem Himmel, diesmal war es kein Funke, der alles in Gang setzte. Es war reine Freundschaft zwischen zwei jungen Menschen.

Conny war eine »Reisende«. Ihr Vater, ein Schweizer Geschäftsmann, war im Auftrag seiner Firma oft in verschiedenen Ländern tätig. Bevor er endgültig in die Vereinigten Staaten versetzt werden sollte, hatte er in Deutschland noch einen Auftrag für drei Jahre zugewiesen bekommen. Zu meinem Glück! Die Mutter, eine gebürtige Italienerin, lernte ich nie kennen. Sie starb bereits, als Conny noch ein kleines Mädchen war. Seitdem war es für Herrn Weidemann nicht einfach, Beruf und Erziehung seiner Tochter unter einen Hut zu bringen.

Einerseits war Conny der ständigen Standortwechsel überdrüssig, andererseits gierte sie danach, neue Menschen und Kulturen kennenzulernen. Diese Tugend der Weltoffenheit übte eine gewaltige Faszination auf mich aus. Aufgrund meiner vergangenen Erfahrung wusste ich, dass diese Faszination eine Resonanz auf meine eigene schlummernde Weltoffenheit sein musste.

Neigungen, Interessen und Hingabe sind häufig Triebfedern des persönlichen Wachstums. Sie werden durch Impulse in Gang gesetzt, blühen auf, tragen Früchte und vergehen wieder. Obwohl sie so vergänglich erscheinen, hinterlassen sie unvergängliche Spuren. Es sind ihre Früchte, die Eindrücke hinterlassen, sowohl für unseren persönlichen Entwicklungsprozess als auch für die Entwicklung der Gesellschaft.

Von den Begabungen einzelner Genies oder Künstler nährt sich oft die gesamte Menschheit. Und wer weiß, ob sie nicht heimlich von einer Frau oder Freundin ausgelöst werden, so wie es bei mir der Fall war.

Connys Weltoffenheit strahlte wie unsichtbares Licht aus ihren Augen und traf meine eigene Bereitschaft für Fremdes, die noch im unsichtbaren Kämmerchen schlummerte, mit der großen Hoffnung, erweckt zu werden. Toleranz, Respekt und Flexibilität als Aspekte dieser Weltoffenheit hielten sich bereit, in mein Leben zu treten. Und sie mussten nicht lange warten.

Bereits am ersten gemeinsamen Schultag ahnten Conny und ich, dass sich hier zwei Seelen gefunden hatten, um ihrer gemeinsamen Bestimmung entgegenzuwachsen. Beide waren wir »neu«, und beide sprachen wir nicht gerade den örtlichen Dialekt und, was uns wohl am meisten verband, beide kannten wir nur die Hälfte unserer Wurzeln. Sie konnte sich nicht an ihre Mutter erinnern und ich nicht an meinen Vater.

Herr Weidemann hatte Connys Mutter vergöttert und seiner Tochter unendlich liebevolle Geschichten über eine hingebungsvolle Mutter und Frau erzählt. Mein Inneres hingegen musste viele Jahre warten, bis die ersten sonnenhaften Geschichten über meinen davongelaufenen Erzeuger zu mir durchdrangen.

Auch wenn es nicht ähnliche Geschichten waren, hatten sie doch einen ähnlichen Klang, den Klang der Verlassenheit. Gemeinsamkeiten verbinden, ob sie nun glänzender oder getrübter Natur sind!

Bald entwickelte sich eine große Zuneigung zwischen uns, nicht durch eine schwärmerische Verliebtheit, sondern aufgrund vieler gemeinsamer Interessen. Dazu gehörte die Liebe zur Natur, die Neigung, sich viel zu bewegen, und die Neugierde für das Unsichtbare. Conny war feinfühlig, sensibel für alles Irrationale und hatte die Augen eines psychologischen Adlers. Ihre Beobachtungsgabe verblüffte mich immer wieder aufs Neue. Als sie mich das erste Mal ansah, durchdrangen mich tausend Röntgenstrahlen.

Wenn man Menschen begegnet, von denen man sich durchschaut fühlt, entsteht Angst und zugleich Hingabe. Gesehen zu werden, tief im Innern, dort wo man sich verborgen hält, um nicht verletzt zu werden, ist etwas Gnadenvolles. Es ist der Blick, auf den man ein Leben lang wartet und vor dem man ein Leben lang davonläuft.

Durch Huck war ich auf diesen Blick gut vorbereitet, um nicht sofort flüchten zu müssen. Er hatte mich tausend Mal geröntgt. Er konnte nicht anders. Es war seine Art, Menschen zu begegnen und zu berühren und vor allem sie zu inspirieren. Conny war darüber hinaus noch ein Mädchen, und wäre ich nicht bereits durch läuternde Höllen gegangen, dann hätte ich diesem Röntgenblick nicht standgehalten.

Bestimmte Mädchen röntgen mit besonderer Qualität. Sie haben die Fähigkeit, jedes Gehabe jungenhafter Eitelkeit in Windeseile zu entlarven – der tödliche Augenblick für das männliche aufgeblähte Ego. Conny war das erste Mädchen, das diesen erweckenden Strahl auf mich richtete. Durch die Erfahrung mit Huck hatte ich die Gewissheit, dass es dabei nichts zu verlieren gab – nur zu gewinnen.

Der Blick durfte gewähren. Meine Abwehrmechanismen wurden vorübergehend in Urlaub geschickt, der glückbringende Gast hatte freien Zugang. Fräulein Weidemann sollte sehen, wer ich tatsächlich war, wie ich war und was ich war. Es gab keinen Grund, sie zu täuschen, den Pfau zu spielen, vor ihr das Rad mit meinen bunten Federn zu schlagen.

Im Grunde wissen alle Mädchen sofort, was sich hinter der Fassade eines prahlenden Jungen verbirgt, doch die meisten verdrängen dieses Wissen und hoffen, dass sie sich irren. So spielen sie das Versteckspiel mit, in der Hoffnung, die Prinzessin zu sein, die den verborgenen Froschkönig eines Tages wach küsst.

Das Problem entsteht spätestens dann, wenn das viele Küssen nicht zum Erfolg führt, weil der Prinz weiterhin Frosch sein möchte, weiterhin Verstecken spielen möchte, nicht bereit ist für einen Phönixflug. Dann sollte die Prinzessin ihren Blick entweder verschärfen beziehungsweise ihr Küssen oder sich einen wandlungsfähigeren Frosch suchen aus dem großen Jungenteich.

Conny hatte bereits einige Erfahrung mit Fröschen. Ich hatte bereits eine tief greifende Erfahrung mit einer Prinzessin hinter mir, die mich in die Ecke schubste.

Als sich Connys und meine Blicke trafen, wussten wir sofort, dass es zwischen uns mehr geben könnte als hormonelle Schnellschüsse. Die Liebe, diese unwiderstehliche Anziehungskraft, die blind macht für eine ungetrübte Wahrnehmung, diese lechzende Gier nach Intimität, dieses Phänomen der Ver-rücktheit!

Wie viele Lebewesen dieser Erde – dazu gehören nicht nur menschliche – erliegen tagtäglich diesem Brandherd. Alles Leben hat seinen Ursprung in diesem schöpferischen, magnetischen Feuer. Wurde jemals etwas gezeugt, ohne dieses tobende Meer der Reize?

Doch mir stellte sich die Frage, ob all das wirklich »Liebe« genannt werden konnte. Waren Anziehung und Leidenschaft der einzige Inhalt des Begriffs »Liebe«, oder gab es da noch etwas anderes, etwas jenseits dieser »hormonromantischen« Welt? Ich wollte es herausfinden und Conny ebenfalls.

Phönix aus der Asche

Es dauerte lange, bis wir uns das erste Mal küssten, es dauerte lange, bis unsere Hände den Körper des anderen erfühlten, und es dauerte lange, bis wir erlebten, welche Empfindungen sich hinter dem Wort Sexualität verbargen.

Den Apfel reifen zu lassen, bis er von selbst vom Baum fällt, erfordert viel Geduld; eine Tugend, die wir beide aus vergangenen Erfahrungen erworben hatten. Wir genossen alles zum richtigen Zeitpunkt, und wir genossen es tief und innig. Es war eben nicht nur die Schnelligkeit und Hitze der Sexualität, die uns verband, es war vor allem der warme Windhauch unserer empfindsamen Seelen, der uns berührte. Das Wort »Liebe« wurde für mich mit neuem Inhalt gefüllt, der sich unendlich zu erneuern schien.

Vielleicht war Erneuerung der Schlüssel zur Aufrechterhaltung der ansonsten instabilen Anziehungskräfte innerhalb von Beziehungen? Conny war das Mädchen, das mich der Antwort dieser Frage langsam näherbrachte.

»Was denkst Du gerade, Tom?«, fragte sie mich, als wir unsere Herzen von einem betörenden Abendrot am Ende eines wunderbaren Tages verzaubern ließen. Sie hatte mal wieder ihre Fühler ausgestreckt, um Gedanken zu lesen.

»Ich weiß es nicht genau, aber etwas ruft mich, was ich nicht beschreiben kann. Es macht mir Angst und zugleich macht es mich neugierig«, antwortete ich unsicher.

»Ich weiß, was es ist«, flüsterte sie sanft, »aber mich macht es glücklich.«

Tief blickte ich in ihre Augen und wusste, dass sie wusste, was ich ahnte, oder dass sie vielleicht sogar noch mehr wusste als das.

Ich hatte ihr bereits erzählt, dass ich meinen Vater nicht kannte, aber Details über meinen Plan, ihn zu suchen, kannte bis zu diesem Zeitpunkt niemand. Eine wahre Prinzessin weiß, wie und wann man einen Frosch küsst, um den Prinzen in ihm zu erwecken. Conny wusste, dass ich meinen Vater finden musste, bevor wir endgültig Mann und Frau werden konnten. Und ihr war bewusst, dass ich hinauszugehen hatte, hinaus in die Welt, wo immer das auch sein sollte, um ein Mann werden zu können.

Wer sollte es besser wissen als sie, die ewig Reisende? Conny hatte gelernt, die Äpfel des Glücks reifen zu lassen und den Frosch dann zu küssen, wenn die Zeit der Prinzenschaft gekommen ist.

Sie war bereit, Prinzessin zu werden oder auch Königin; ich noch nicht! Zuvor musste der Phönix aus seiner Asche emporsteigen, in der er noch im formlosen Grau verborgen lag. Die Gebärmutter des Schicksals hatte zwar ihr Werk bereits vollbracht und genügend Asche angehäuft, doch die eigentliche Geburt stand noch bevor.

»Tom, kennst du eigentlich die Geschichte vom Phönix aus der Asche?«

Die Frage von Conny schien mit Zauberkraft geladen zu sein. Jedenfalls versank mein Blick im Abendrot und meine Identität gleich hinterher. Beide verweilten dort eine Ewigkeit, so fühlte sich der Zeitraum bis zum sanften Händedruck des liebevollen Mädchens neben mir an.

Eigentlich wollte ich, nachdem ich mich im Zeit-Gebundenen wiedergefunden hatte, die typische Gegenfrage stellen, die gelautet hätte: »Warum fragst du?«

Damit hätte man etwas Luft aus dem sich vor mir aufbäumenden Heißluftballon ablassen können, um den Start der unangenehmen Höhenreise etwas hinauszuzögern.

Doch die Gegenfrage fand keinen Weg ins Freie, sondern verpuffte in der Phönixglut. Die Heldenreise, die mir bevorzustehen schien, war zu kostbar, um sie mit einem Frage-Antwort-

Spiel aus dem Unsichtbaren ins Sichtbare zu zerren und damit seiner Kraft zu berauben. Das erahnte ich! Besser war es, in dieses Luftschiff einzusteigen, das mich zu meinem Vater bringen sollte.

»Eigentlich kenne ich die Geschichte nicht, Conny, nein, ich kenne sie eigentlich nicht«, kam nach einer längeren Wartepause meine Antwort.

Natürlich hatte ich vom Phönix aus der Asche gehört, diesem Synonym für Wandel, Erneuerung und Wiederauferstehung. Doch im Grunde war mir lediglich die Bedeutung klar, nicht jedoch die dazugehörige Geschichte, die ich nur halbwegs kannte: Irgendein Vogel, der verbrennt und aus dessen Asche ein neuer Vogel hervorgeht.

»Bitte erzähle sie mir, Liebste, wenn du sie weißt.«

* * *

»Bonjour, Papa«, grinst ein Schlitzohr um die Ecke, um mir seine frisch gelernten französischen Sprachkünste zu beweisen.

»Guten Morgen«, grinst ein in die Realität zurückgekehrter Schriftsteller zurück.

»Papa, ich glaube, ich habe von dem Phönix geträumt, der in deinem Buch vorkommt.«

»Na, dann leg mal los und erzähl mir deinen Traum!«

Ich setze mein Söhnchen auf meinen Schoß und sinke dabei etwas müde ins Sofa, das vor dem großen Fenster mit Blick aufs Meer postiert ist. Er blickt mich mit seinen noch verschlafenen Augen an, aus denen jedoch bereits das Feuer lodert, von dem er sicher gleich erzählen wird.

Manchmal macht es mir Angst, wenn er in seine Traumwelten abtaucht, wenn es scheint, dass Realität und Fantasie aus der gleichen Quelle entspringen. Ob er diese Neigung von Conny oder mir geerbt hat, bleibt wohl dahingestellt. Im Grunde waren wir beide ja auch in vieler Hinsicht Grenzgänger und weshalb sollte unser Sohn keiner sein. Auch er wandert zwischen den Welten von Rationalem und Irrationalem hin und her, so als ob es zwei Nachbarländer wären und er ein Grenzbewohner, der mal kurz seine Freunde drüben besucht.

»Papa, bist du müde, was denkst du gerade, warum schläfst du jetzt ein?«

»Entschuldige, Joshua, ich war die ganze Nacht wach und habe gerade darüber nachgedacht, wie all diese Geschichten wohl in deinen Kopf kommen.«

»Sie brauchen ja gar nicht mehr kommen, sie sind doch schon längst da. Das ist bei dir doch genau so oder nicht?«

Dabei schaut er mich sehnsüchtig an, um das erlösende »Ja« zu erhalten, während ich mich entschieden habe, wieder Vater zu sein, statt ein angstbesetzter, übermüdeter Schriftsteller.

»Ich glaube, du hast Recht, Joshua, komm leg los, was hast du vom Phönix geträumt?«

»So ganz genau weiß ich es auch nicht mehr, Papa. Aber vielleicht fällt dir unser Traum wieder ein.«

»Was heißt hier unser, du meinst wohl deinen? Wie soll ich dir einen Traum erzählen, den ich selbst nicht geträumt habe?«

»Aber du warst doch dabei, das weiß ich ganz genau. Du hast dem Phönix den gebrochenen Flügel geheilt.«

»Weißt du, Joshua, auch wenn ich in deinem Traum vorgekommen bin, so bedeutet das nicht, dass ich mich daran erinnern kann. Du siehst ja selbst, wie das ist, wenn man was vergisst. Aber ich schlage dir etwas anderes vor. Wir können uns beide vor den Laptop setzen. Dort bin ich nämlich gerade an einer Stelle angekommen, wo ich etwas über die Legende vom Phönix aus der Asche schreibe. Sobald ich den Absatz fertig habe, erfinden wir unseren Traum einfach von Neuem und schreiben ihn in mein Buch, wenn du willst.«

»Ja, ja, ich will, ich will, ich will!«

»Halt, ihr beiden Schriftsteller, zuvor möchte ich wissen, ob ihr

Spiegeleier zum Frühstück wollt oder Rühreier?«, brummt ein gerade erwachter Vater und Großvater über unsere Schultern hinweg.

»Mir egal«, antwortet ein kleiner, bereits in Gedanken versunkener Geschichtenerfinder.

»Mir auch egal, aber doppelte Portion«, antwortet ein hungriger Nachtschwärmer und Vater des gerade zum Laptop eilenden aufgeregten Sohnes.

»Gut, dann gibt es drei Portionen Egalrührei à la Stefan Haineder«, singt ein in die Küche verschwindender grauhaariger Witzbold.

* * *

Auf meine Bitte hin erzählte Conny mir nun, dass es viele Geschichten auf der ganzen Welt über einen mythischen Vogel namens Phönix gäbe. Manchmal würde er als Reiher, manchmal als Adler oder Ähnliches beschrieben. Aber allen Geschichten läge die folgende Legende zugrunde:

Alle 652 Jahre kommt der Feuervogel Phönix aus Arabien oder Indien nach Heliopolis, der ägyptischen Sonnenstadt. Dort baut er sich im Tempel des Sonnengottes ein Nest aus Myrten, verbrennt darin, wie auf einem Scheiterhaufen, bevor er aus seiner Asche wieder verjüngt hervorgeht.

* * *

Bevor ich weiterschreibe, welche Impulse Connys Worte in mir auslösten, lasse ich nun zusammen mit Joshua eine weitere Phönixgeschichte auf dieser Welt erklingen.

»Papa, jetzt ist mir unser Traum wieder eingefallen«, strahlen mich zwei funkelnde Augen an, denen ich nicht unbedingt Glauben schenken kann, da die verschmitzten Mundwinkel zu sehr nach oben zeigen.

96

Wahrscheinlich liest der Genius, der neben mir sitzt, einfach mal wieder aus den unsichtbaren Quellen, die laut seiner Aussage ja schon da sind, so wie unsereiner aus der Tageszeitung. Ob Traum oder Erfindung, ich lasse mich mal wieder überraschen.

»Gut, mein Sohn. Dann erzähle, ich schreibe mit!«

»Hm, Papa, noch eine Frage, soll es wie eine Geschichte klingen oder wie ein echtes Traumerlebnis?«

»Wie es kommt, Joshua, erzähle einfach, wie es kommt! Ich kümmere mich um die Formulierung.«

»Letzte Nacht, nachdem mein Vater mich ins Bett gebracht hatte und leise eine Geschichte vor sich hin summte, im Glauben, dass ich schliefe, machte sich der unsichtbare Teil des Joshua Melander auf den Weg ins Land der unbegrenzten Möglichkeiten.

Im Grunde weiß kein Mensch, wie man dorthin kommen kann außer im Schlaf, doch Joshua Melander erfuhr, dass es noch eine andere Möglichkeit gab. Alle Kinder müssen einschlafen, um von der Wachwelt in die Traumwelt gelangen zu können. Joshua hingegen hielt sich nur still, jedoch mäuschenstill.

Das bedeutete, dass er seine Augen geschlossen hatte, seine Ohren zugesperrt, seinen Mund versiegelt und sein Spürsinn wie durch einen Zauber lahmgelegt wurde. Jeder hätte denken können, so auch sein Vater, dass er eingeschlafen sei, doch genau das Gegenteil war der Fall. Joshua war hellwach!

Er sah durch einen grenzenlosen Raum hindurch, der von purpurroten Schneeflocken durchwirbelt wurde. Dieser Schnee strahlte Wärme und Licht aus. Es gab dort keinen Himmel und keine Erde, sondern nur endlosen Raum. Aus diesem Raum heraus kam etwas immer näher, und zugleich zog es Joshua immer weiter dort hinein. Es dauerte nicht lange, da standen sie sich gegenüber: Joshua Melander aus der Wachwelt und der Phönix mit dem gebrochenen Flügel aus dem purpurroten Niemandsland. Der Flügel hing ihm seitwärts herunter und tat offensichtlich weh.

Der Phönix konnte nicht sprechen, sondern dachte etwas, das

Joshua hören konnte; nicht mit seinen beiden Ohren, sondern mit seinem intuitiven Herzen. Er hörte, dass der Phönix unbedingt Hilfe brauchte und sehr froh war, dass jemand den Weg ins purpurrote Reich gefunden hatte. Joshua kannte nur einen Menschen, der ihm helfen konnte, doch der summte noch immer vor sich hin.

Es gab nur eine Möglichkeit, seinen Vater ins Schneeflockenland zu holen, er musste kurz einnicken, damit Joshua ihn um Hilfe bitten konnte. Dieser innige Wunsch des nur scheinbar schlafenden Sohnes an seinen summenden Vater war so stark, dass er Wirkung zeigte. Für einige Minuten nickte der Geschichtensummer ein und half seinem Sohn in der Traumwelt, den Flügel des Phönix mit genügend heilender Energie zu versorgen.

Obwohl der Vater zurückkehrte, um zu Ende zu summen und an seinem Buch weiterzuschreiben, blieb Joshua noch die ganze Nacht bei dem Phönix und hielt seinen Flügel. Erst als der Morgen graute, kehrte er zurück, während sein Freund, genesen, wieder in den Raum hineinflog, aus dem er gekommen war.

Langsam öffnete der Heimkehrer seine Augen, sperrte seine Ohren auf und entsiegelte seinen Mund. Der Zauber hatte sich aus seinem Spürsinn zurückgezogen, weshalb er sofort zu seinem Vater eilen konnte, um ihm alles zu erzählen.

Natürlich sprach er dabei von einem Traum, nicht von einer Vision, da er bereits wusste, dass Erwachsene mehr Angst vor Visionen als vor Träumen hatten. Leider lösten sich auf der Reise zurück in die Wachwelt einige Erinnerungen auf, sodass Joshua vieles vergessen hatte und neu erfinden musste.

Was nun tatsächlich eine Vision war oder lediglich Erfindung, bleibt für immer ein Geheimnis. Vielleicht ist es ja beides! Wichtig ist, dass der Flügel des Phönix dabei geheilt werden konnte!«

Während ich noch dabei bin, die soeben gehörte Traumgeschichte in die passende Form zu bringen, und langsam realisiere, was mein Sohn da eigentlich an genialer Offenbarung menschlicher Fantasie präsentiert hat, durchbricht eine Stimme die knisternde Atmosphäre.

»Die Egaleier sind fertig!«

Will der Frühstücksbereiter hinter uns dadurch vielleicht bewusst einen Punkt setzen, damit die von seinem Enkel erzählte Geschichte nicht aus schwindelerregender Höhe zur Erde heruntergezogen wird?

Eine leichte Verschwörung zwischen Herrn Haineder und Melander Junior steht spürbar im Raum. Beide wissen, dass ich allen unvernünftigen Dingen aufgeschlossen gegenüberstehe, doch wenn Joshua zu sehr in seine imaginativen Fähigkeiten abtaucht, dann hole ich ihn auch schnell auf den Boden der Realität zurück.

Während er vorsichtshalber bereits bei seinem letzten Satz schoß-abwärts gerutscht ist, um jetzt schlagartig zum Frühstückstisch zu eilen, erkenne ich in Vaters Augen, dass jetzt Schweigen angesagt ist. Sanftheit und Güte sind wohl die geeignetsten Worte, um jene Milde zu beschreiben, die am besten durch die Augen von Großvätern transportiert werden kann.

Dass mein aufgeweckter Junge überhaupt in der Lage ist, ein Frühstück ohne Worte einzunehmen, habe ich bis zu diesem Zeitpunkt noch nicht erlebt. Jetzt sitzt er vor seinen »Egaleiern« und scheint ein Schweigegelübde abgelegt zu haben. Sein Großvater ebenfalls, was es mir unmöglich macht, noch irgendetwas zu sagen.

Mittlerweile ist es mir auch zu viel, über die in jeglicher Hinsicht fantastische Phönixflügelgeschichte noch einen winzigen Gedanken zu verlieren. Schlafen ist das Einzige, was noch vorstellbar ist.

Und wer das Glück hatte, Stefan Haineder jemals getroffen zu haben, der weiß, dass jetzt die passenden Worte zum passenden Zeitpunkt kommen werden: »So, ihr Lieben, ich würde sagen, Joshua geht mit mir fischen und sein Vater ruht sich aus!«

Dieser Satz stellt keine Überraschung dar und wenn man ein bisschen Vernunft in sich trägt, dann tut man auch, was Stefan Haineder in solchen Momenten sagt. Danach werde ich weiterschreiben

* * *

Die Suche beginnt

Von nun an ließ mich die Geschichte vom Phönix aus der Asche nicht mehr los. Sie erklang wie ein leiser Ton, der vom verborgenen Mysterium von Tod und Auferstehung erzählte.

Der Tod war weltweit bekannt als kompromissloser Geselle. Sein übler Ruf eilte ihm voraus und ließ die Massen schaudern. Diesem »Sensenmann« zu entkommen war schier unmöglich. Es schien nur eine Frage der Zeit zu sein, bis der letzte Umzug – in eine zwei Meter lange Kiste oder eine Urne – zwangsläufig stattzufinden hatte.

Im naiven, gesunden Vertrauen eines jungen Menschen, wie ich einer war, gab es bereits frühzeitig die Gewissheit, dass dieses ganze Drama nicht das Ende sein konnte, sondern nur einen Übergang darstellte. Eine zentrale Frage stellte sich dabei: Wo ging der eigentliche Seelenmensch, der Inhalt des sogenannten Körpers, nach dessen Tod tatsächlich hin?

Der Glaube an ein Hinübergehen in eine andere, wunderbare Welt, das Paradies, war das Einzige, was an herkömmlichen Alternativen zur Verfügung stand; außer der Hölle, die ich jedoch auf keinen Fall in Betracht ziehen wollte.

Nichts war definitiv sicher außer der Unsicherheit, die für die meisten Menschen unerträgliche Zweifel und Ängste hervorbrachte. Vielleicht entwickelte sich aus dieser Not heraus der sehnliche Glaube an ein ewiges Leben? Dazu die passenden Religionen und Kulturen mit ihren Göttern und Dämonen? Konnte die Menschheit nicht ertragen, einfach so zu sterben, einfach nur zu kommen und zu gehen? Wollte sie eine Ewigkeit erschaffen, die es so vielleicht überhaupt nicht gab; die das leidvolle Leben nur erträglicher und sinnvoller machen sollte?

Das heimliche Stöbern in Herrn Weidemanns Privatbibliothek brachte diesbezüglich einige Schätze hervor. Er war zwar einerseits Geschäftsmann, andererseits ließ ihn jedoch die Neigung zur Philosophie und Spiritualität nicht mehr los, nachdem ihn seine Frau dazu inspiriert hatte, wie er einmal erzählte.

Inkarnation war das Schlagwort, das mich dabei überaus faszinierte, ein Begriff, der die Wiedergeburt beschrieb, die im Hinduismus ihre religiöse Entsprechung hatte. Nachdem ich die Bibel, den Koran, die hinduistischen Schriften und die buddhistische Lehre, die im Grunde keine ist, überflog, hörte ich den Gleichklang, den alle Religionen in sich trugen. Ein wunderschöner Klang, der mir half, weiter zu gehen, den Glauben zu überwinden und durch die »Suche« zu ersetzen.

Den Glauben hinter sich zu lassen, einem tröstenden Freund Ade zu sagen, war nicht gerade einfach, hatte er doch bisher alle meine zweifelnden Fragen gestillt und meinen Unsicherheiten den ersehnten Frieden geschenkt.

Die Geschichte vom Phönix aus der Asche kam da sehr gelegen. Der alte Vogel stirbt, er wird zu Asche. Und gerade aus dieser Asche wird das Neue geboren, der neue Phönix, das neue Leben. Tod und Auferstehung aneinandergekoppelt, nicht voneinander trennbar, das entsprach meiner inneren Ausrichtung und inspirierte mich, noch weiter ins Mysterium des Lebens einzutauchen.

Diese Legende barg eine Lebensphilosophie in sich, die Mut und Hoffnung machte; die ein ewiges Leben durch Erneuerung in Aussicht stellte. In meinem Alltag hatte ich schon viele entsprechende Beispiele erlebt. An oberster Stelle stand natürlich das Ende meiner ersten Beziehung mit dem dazugehörigen Leid, aber eben auch das darauf folgende Glück, das Huck hieß; später Sebastian und Conny, und auch die verbesserte Beziehung zu meiner Mutter zählte dazu.

Der innere Tod hatte seinen schalen Geschmack verloren. Er gewann an Süße, trotz allem Leid, das er mit sich brachte. Auf einer Karte, die ich in einer Buchhandlung entdeckte und die anschließend jahrelang über meinem Bett hing, stand folgende chinesische Weisheit:

Kannst du das, was vor dir liegt, die Zukunft, annehmen und kannst du das, was gehen will, die Vergangenheit, loslassen, dann bist du frei!

Das, was vor mir lag, war ohne Zweifel die Begegnung mit meinem Vater. Und um das, was losgelassen werden musste, kümmerte sich geschickt mein Verdrängungsmechanismus. Es hätte zu viel Leid verursacht, an den Abschied von vielen liebgewonnenen Menschen zu denken.

Gut, dass man sich manchmal nicht um solche unangenehmen Dinge kümmern musste. Für solche Zwecke stellte die menschliche Psyche allerlei Hilfsmittel zur Verfügung. Aus der Vielzahl der Angebote fiel meine Auswahl auf »ignorieren«.

Da Vater offenbar nichts zurückgelassen hatte, was auch nur annähernd den Beginn meiner Suche erleichtert hätte, war klar, dass ich eine lange Wegstrecke zurückzulegen hatte und es Monate, vielleicht sogar Jahre dauern konnte, bis ich ihn fand. Im Grunde schien es aussichtslos zu sein. Doch Aussichtslosigkeit gehörte nach den vielen Wundern der letzten Zeit nicht mehr zu meinen Vorstellungsmöglichkeiten.

Mein achtzehnter Geburtstag stand bevor. Die innere Vorahnung, dass von diesem Tag an meine Suche beginnen würde, bestimmte meine Gedanken und Gefühle. Der schulische Werdegang, über die Fachoberschule zum Studium zu gelangen, glitt täglich mehr und mehr aus meinem Fokus. Jede freie Zeit verbrachte ich mit Conny, die nach ihrer Phönixgeschichte im Abendrot kein Wort mehr über dieses Thema verlor.

Auch sie verdrängte die Gewissheit, dass ich eines Tages verschwinden, und die Angst, dass ich vielleicht nie mehr zurückkehren würde. Wir blendeten meine bevorstehende »Beerdigung« rigoros aus und lebten so, als ob keine Trennung bevorstünde.

Trennung war im Grunde sowieso ein Produkt des menschlichen Geistes, der dazu neigt, eine körperliche Abwesenheit als getrennt zu bewerten. Die Beziehung mit Conny war jedoch von Anfang an aus etwas Unsichtbarem geboren und untrennbar; so wie alles um uns herum es wäre, wenn wir nicht denken und bewerten würden.

Conny und ich legten grundsätzlich Wert darauf, unsere Zukunft nicht durch ein Treueversprechen einzuengen, sondern alle Möglichkeiten offen zu lassen, um eigene Wege gehen zu können. Und wenn diese Wege zufällig oder durch den heiteren Himmel wieder zueinander führen sollten, na dann umso besser.

All das wurde zwischen uns nicht mit Worten besprochen; wir waren uns unsichtbar einig – eine spezielle Form unserer Kommunikation, die man auch Liebe hätte nennen können.

Ein größeres Problem stellte für mich meine Mutter dar, die schon einmal erleben musste, wie sie ihr Liebster schlagartig verließ. Noch einmal an diese Wunde zu rühren, derjenige zu sein, der sie erneut verletzt, das wollte ich nicht. Sie zu überzeugen, dass ich meinen Vater suchen musste, und das vielleicht noch in der ganzen Welt, das konnte ich nicht.

Keine Lösung für etwas zu haben, kann sehr bedrückend sein! Konflikt ist wohl das passende Wort dafür. Konflikte schwelen, hören nicht auf zu quälen, rufen tausende Gedanken und Gefühle hervor, bis eine Entscheidung getroffen wird.

Doch Entscheidungen brauchen Mut, fordern Verantwortung und können oft nicht alle um uns herum zufriedenstellen, meistens nur die wenigsten. Man tritt in die Pfütze der Schuld, die es nur gibt, weil ein bestimmtes Tun von einem bestimmten Menschen als schuldhaft bewertet wird. Jemand fühlt sich verletzt und sucht nach dem Täter, der für sein auftretendes Leid verantwortlich gemacht werden soll.

Söhne treten oftmals als »Täter« verletzter Mütter auf, die sich verlassen fühlen, nicht geachtet, sich nicht geliebt oder verstanden wissen. Eine achtsame Mutter würde nie auf diese uralte, moralische Ego-Strategie von Täter- und Opferschaft hereinfallen. Sie würde erkennen, dass ihrem Leid bestimmte Erwartungshaltungen zugrunde liegen, auch unerfüllte Bedürfnisse ihrer eigenen Kindheit, die ihr Sohn niemals erfüllen kann, außer er opfert dafür seine individuelle Bestimmung.

Solche Gedanken hegte ich zu diesem Zeitpunkt, natürlich aus der subjektiven Sicht eines Sohnes. Und aus dieser Sicht war es klar, schuldig werden zu müssen, letztendlich genauso schuldig wie mein Vater.

Das erste Mal bekam ich den bitteren Geschmack zu spüren, den solche unwiderruflichen Entscheidungen mit sich bringen. Wie und wann und was zu tun war, stand noch nicht fest, doch der reife Apfel war vom Baum gefallen; die Suche hatte bereits begonnen.

Überraschung zum Geburtstag

Die Realschule war abgeschlossen. Dem Übergang in eine Fachoberschule stand nichts mehr im Wege. Meine Mutter war sehr glücklich über diese Tatsache. Unsere Beziehung hatte sich in den letzten Monaten stetig verbessert. Es fand wirkliche Kommunikation statt, die sich nicht nur wie vorher auf Streitereien über unterschiedliche Standpunkte beschränkte.

Gegenseitiges Zuhören ermöglichte eine emotionale Nähe, die uns beiden gut tat. Die Zeit der pubertierenden Ablehnung, Abgrenzung und Konfrontation neigte sich spürbar dem Ende zu. Ein gewisses Aufatmen meiner Mutter war unübersehbar, was sich leicht an den nun häufiger nach oben zeigenden Mundwinkeln erkennen ließ.

Hier, in diesem anscheinend positiven Beziehungsabschnitt konnte ich mein Anliegen auf keinen Fall hineinbringen. Sollte ich ihr sagen, dass die Schule erst mal unterbrochen würde, ihr Sohn für unbestimmte Zeit in unbestimmte Länder reisen müsste, wobei offenbliebe, ob er jemals zurückkäme?

Vielleicht erwartete mich mein Vater und wünschte sich ein gemeinsames Leben mit mir. Und vielleicht wünschte ich mir dies insgeheim schon lange. Wirklich so etwas zu fühlen, wagte ich jedoch nicht, um einer eventuellen Enttäuschung vorzubeugen.

Vielleicht wollte er mich aber überhaupt nicht sehen oder nur kurz, vielleicht hatte er bereits eine neue Familie mit Kindern, wollte nicht an seine Vergangenheit erinnert werden. Dann käme ich natürlich zurück, würde weiter zur Schule gehen und bei meiner Mutter bleiben.

Leider reichte mein Vertrauen ihr gegenüber noch nicht ganz aus, um sie an meinen Überlegungen teilhaben zu lassen. Die bisherige Erfahrung zeigte, dass solche eigenwilligen Handlungen stets ihre Aggression und Ablehnung hervorriefen. Wie gerne hätte ich ihr mitgeteilt, was mich bewegte, wie gerne hätte ich ihr Verständnis entgegengenommen. In solchen Situationen hasste ich die menschlichen Beschränkungen; ihre genauso wie meine eigenen, die unser Leben so erschwerten.

Vielleicht hat Vater genau das gesucht, vielleicht ist er genau wegen dieses Mangels an emotionaler Freiheit in die Welt hinausgezogen? Aber warum ist er dann nicht zurückgekommen und hat mich an seinen Erkenntnissen teilhaben lassen? Solche Gedankenspiele quälten mich immer mal wieder.

Obwohl sie nichts anderes waren als Spekulationen und Illusionen, so waren sie enorm kräftig und zeigten ihre Wirkung – leider meistens nur eine destabilisierende. Jedenfalls gab es keine Lösung für meinen Konflikt, wenigstens keine sichtbare.

Dass ich den Führerschein fehlerfrei bestanden hatte, freute nicht nur mich. Sebastian konnte es sich nicht nehmen lassen, seinen alten Golf als bevorstehendes Geburtstagsgeschenk frühzeitig anzukündigen.

Wenn man mit diesem Gefährt um die ganze Welt fahren könnte oder wenigstens um die halbe, dann schien es ein überaus passendes Geschenk zu sein. Und wenn es kaputt ginge, dann war es auch kein großer Schaden.

Seit einem Jahr entging mir kein Ferienjob. Das Geld wurde gespart, zur Freude aller, doch nur weil sie nicht wussten, wofür. Sie dachten, dass meine feste Beziehung mit Conny einen gewissen »Familiengründerinstinkt« entfacht hatte. Leider falsch gedacht! Lange würde das Ersparte nicht reichen, doch erst einmal weg, das stand fest. Den Rest musste das Schicksal finanzieren.

Wenn es wirklich wollte, dass ein Sohn seinen Vater fände, dann kümmerte es sich sicherlich um die Finanzen, fände Arbeit für ihn und würde so etwas wie Engel schicken, das hoffte ich jedenfalls. Meine Leichtgläubigkeit war vielleicht etwas naiv, aber ein anderer Weg offenbarte sich trotz vieler Überlegungen erst mal nicht. Das auszuschöpfen, was einem gegeben ist, musste ausreichen: ein vollgetanktes Auto, brennende Sehnsucht, 437 wertvolle Deutsche Mark und der Mut eines Glücksdrachen. Die erste Nacht nach dem achtzehnten Geburtstag sollte der Start zu einer Reise werden, deren Ziel feststand, deren Weg dorthin jedoch noch immer im Dunkeln lag.

Der Postbote fuhr, wie jeden Tag, mit seinem gelben VW-Bus im Eiltempo um die Häuser. Diesmal steckte in seinem neuen Dieselflitzer mehr als eine Überraschung. Unbewusst schielte ich bereits mehrere Minuten aus dem Fenster, so als würde dort draußen etwas sehr Wichtiges geschehen, das nicht verpasst werden durfte.

Wahrlich, das war es auch! »The Postman« hüpfte aus seiner Postkutsche und warf etwas, das nach mehr roch als nach zwei gewöhnlichen Briefen, in den Briefkasten. Unauffällig schlich ich mich mit meinem kleinen Gauner hinaus, um nebenbei mal in den Briefkasten zu schauen.

»Oh, oh, stecken wir das ›Top-Secret-Dokument‹ mal unter das T-Shirt und das zweite Kuvert nehmen wir in die Hand«, flüsterte verstohlen mein Begleiter.

»Ist die Post gekommen, Tom?«, schrie eine zu spät gekommene Mutter, die vielleicht ebenfalls unbewusst ihren kleinen Gauner in Lauerstellung gelegt hatte.

»Ja, etwas vom Finanzamt, wenn ich den Absender richtig gelesen habe!«

»Danke, auf das warte ich schon lange«, erwiderte sie fröhlich und entspannt zugleich.

Ob sie auf eine Steuerrückzahlung hoffte oder vielleicht erleichtert darüber war, dass mein Vater meinen Geburtstag vergessen hatte, wusste ich nicht. Zutreffen hätte beides können, da trotz aller Bemühungen noch immer ein Fünkchen Missmut beim Thema Stefan Haineder zu spüren war. Vor allem, nachdem ich kein Hehl mehr daraus machte, ihn irgendwann kennenlernen zu wollen – Eifersucht war wohl die hartnäckigste aller elterlichen Beschränkungen.

Dass ich an meinem achtzehnten Geburtstag unbewusst auf ein Wunder beziehungsweise eine Nachricht meines Vaters gehofft hatte, wurde mir erst jetzt bewusst. Was unter meinem T-Shirt verborgen lag, deutete mit größter Wahrscheinlichkeit darauf hin. Ein Brief an mich, von einem Absender, dessen Schrift ich aus allen Hieroglyphen der Welt hätte entziffern können. Zu oft hatte ich den damaligen Brief meines Vaters in der Hand gehabt, um nicht jetzt auf den ersten Blick seine Handschrift zu erkennen. Und wenn mich meine Äuglein nicht ganz täuschten, dann stand auf diesem Geburtstagsgeschenk auch noch die komplette Adresse des Absenders!

So schnell wurde bereits lange nicht mehr um die Ecke geflitzt. Glückshormone wirbelten die Gedanken in meinem Kopf wild durcheinander.

Tatsächlich ein Absender, mit Ortsangabe und allem, was dazugehört. Stefan Haineder und zum Schluss Bretagne/Finistere/France konnte ich noch lesen. Das restliche Französisch wurde erst mal überflogen. Demgegenüber zauberten drei Worte auf der Vorderseite ein großes Lächeln in mein Gesicht. Stand doch dort, groß und bunt, über der Anschrift geschrieben: An das Geburtstagskind!

Nur gut, dass wir unserem früheren Postboten eindringlich nahegelegt hatten, jeden auch noch so seltsam klingenden Brief nachzusenden.

Stefan Haineder hatte nicht vergessen, wann sein Sohn geboren war; er hatte mich nicht vergessen! Und er hatte eine Leuchtspur hinterlassen – Frankreich.

Es hätte zu lange gedauert, noch eine Minute zu warten, um

einen Brieföffner zu organisieren. Ein vorsichtiger Riss am Kuvert und der Inhalt wurde sichtbar.

Ein Mann, auf einer Bank sitzend, vermutlich vor seinem eigenen Haus, strahlte mich an. Das Foto, das meine Hände zitternd festhielten, war auf der Rückseite mit einigen Sätzen beschrieben.

Dreimal drehte ich es hin und her, unentschlossen, ob ich nun lesen oder lieber den Mann nicht mehr aus den Augen lassen sollte. Das Haus stand auf felsigen Klippen, hoch über dem Meer. Nachdem ich das Lächeln des Mannes ausreichend inhaliert hatte, wurden die dazugehörigen Worte eingesogen.

Das bin ich, mein Junge!

   Zu deinem 18. Geburtstag wünsche ich dir von Herzen alles Gute.

   Ich habe es bisher nicht geschafft, zu dir zu kommen. Bitte verzeih mir, Tom! Ich hoffe, dass du es schaffst, eines Tages zu mir zu kommen, dann wird sich alles klären.

Dein auf dich wartender Vater!

Fünfzehn Jahre Schmerz weinten sich erst mal ins Freie. Wut und Trauer, Verzweiflung und Hoffnung, Verständnis und Unverständnis, Hass und Liebe. Alles musste raus! Wenige Worte, mit so viel Herz geschrieben – er mochte mich wirklich. Doch warum hatte er mich zurückgelassen? Warum nur? Das Rätsel blieb.

»Tüüt, tüüt, tüüt«, dröhnte es vor dem Haus. »Tüüt, tüüt, tüüt, tüüt«, dröhnte es noch kräftiger hinterher.

   Der Golf! Es musste mein Geburtstagsgeschenk sein, das sich so vehement in Szene setzte.

   Wohin mit dem Foto? Niemand durfte es finden! Schnell

unter die Matratze. Mutter hatte das Bett erst heute Morgen bezogen. Da war es sicher.

»Tüüüüüüüüüüüüüüüüüt!«

»Ich komme, ich komme«, riss ich das Fenster auf und winkte zu Sebastian hinunter, dessen Gesicht freudig aus dem Seitenfenster eines hellroten Golfs heraufstrahlte. Schwups stand das Geburtstagskind vor der Tür.

»Komm, auf geht's! Wo bleibst du so lange? Geschenke auspacken, oder was?«, scherzte er mit kratziger Stimme aus seinem Gefährt.

Mittlerweile auf dem Beifahrersitz sitzend, Ellenbogen aus dem Fenster, Sonnenbrille auf der langen Nase, kam bereits die nächste Ansage von ihm: »Lass uns eine Runde drehen, Geburtstagskind!«

Nichts lieber als das, lächelte der neue Autobesitzer dem coolen Beifahrer entgegen. An der Haustür stand eine glückliche Frau, die ihren beiden Männern für ihre Jungfernfahrt alles Gute zuwinkte.

Sebastian quatschte wie eh und je. Die ganze Fahrt erklärte er in- und auswendig, warum ein Golf das beste Auto der Welt sei, dass er glaube, dass dieses Fahrzeug die nächsten zwanzig Jahre noch Geschichte schreiben werde, worauf es beim Fahren ankäme und so weiter und so weiter.

Aber vor allem schilderte er mir detailliert die Ausstattung seines eigenen, neuen Autos aus der neuen Golfserie, das bereits im Autohaus für ihn bereitstand. Darauf freute er sich riesig. Eigentlich klang es so, als ob er sich mit meinem Geburtstagsgeschenk selbst ein Geschenk gemacht hätte, das heißt sich damit eine Rechtfertigung gab, ein neues Auto kaufen zu dürfen – auf Kredit.

Wir fuhren eine ganze Weile, dann wurde es stiller im Auto. Die Landschaften zogen an uns vorüber. Es machte Spaß, mit dieser »Kiste« umherzufahren. Nachdem wir den Rückweg eingeschlagen hatten, wurde die Stille langsam knisternd-unbehaglich. Und da kam sie schon, die zu dieser Stimmung passende Frage: »Du, Tom?«, stotterte der Beifahrer, dem die bisherige Selbstsicherheit in der vorherigen Kurve aus dem Fenster geflogen sein musste.

»Äh, ja, was gibt's?«, erfüllte eine noch größere Unsicherheit das Fahrzeug.

»Ich weiß nicht, ob es gerade passt, aber ich wollte dich schon immer mal fragen, ob du nicht deinen Vater suchen möchtest?«

Tausend Gedanken krachten gleichzeitig an meine Schädeldecke. Dröhnend und polternd wie ein sich entladendes Gewitter. Jetzt nur nichts falsch machen, sonst ist alles vorbei, das war mir sonnenklar. Diesen Menschen zu belügen war unmöglich, die Wahrheit zu sagen ebenfalls.

Notbremse! Das Auto hielt gerade noch am Straßenrand. Kurzes Durchatmen, den Blick durch die Windschutzscheibe richtend, orientierungslos nach einer Antwort suchend, spürte ich ein leichtes Tippen auf meiner rechten Schulter! Es sollte das Zeichen dafür sein, die Seiten zu wechseln. Der Fahr- und Lebensprüfer fuhr nun selbst, nachdem er mit seiner Frage meine Fahrtüchtigkeit komplett außer Kraft gesetzt hatte. Er schlug die Richtung nach Hause ein.

»Cooler« ging es nicht! Wir sprachen kein Wort. Er wusste alles, und ich musste nicht lügen. Das perfekte Gespräch zwischen zwei Freunden.

Meine Mutter wartete sehnsüchtig an der Haustüre, weil die Fahrt doch etwas länger gedauert hatte, als sie vermutete. Als sie Sebastian am Steuer sah, fiel ihr Unterkiefer fast aus seinem Gelenk. Aber mein Freund würde es schon richten, das war absolut sicher!

Und so geschah es! Beschwingt stieg er aus dem Auto und erzählte voller Elan, wie toll ich gefahren sei, wie er noch einmal die Sicherheit des Fahrzeugs überprüfen wollte, um absolut sicher zu sein, den Golf auch übergeben zu können, und dass alles bestens sei. Mutter drückte ihm dankbar einen Kuss auf die Stirn und war sichtlich erleichtert.

Sebastian legte mir den Schlüssel in die Hand, umarmte mich und flüsterte leise zwei Sätze in mein Ohr, sein zweites Geschenk an diesem Tag und das wertvollere von beiden: »Ich würde es genauso machen, mein Junge. Viel Glück! Ich kümmere mich um deine Mutter.«

Dass ich vor Rührung nicht zu weinen begann, war nur möglich, weil mich der größte Gauner aller Zeiten sofort an den Schultern packte, schüttelte und sang: »Ein Golf, ein guter Golf, das ist das Beste, was es gibt auf der Welt.«

Vom Rest des Tages konnte sich nichts mehr in meinem Erinnerungsvermögen einnisten. Die tägliche Speicherkapazität war bereits erschöpft.

Erst nach zwei Stündchen Ausruhen, waren wieder Freiräume geschaffen, um klar denken zu können. Dazwischen leises Packen. Nachdem im Haus alle schliefen, ging es los!

Der Abschiedsbrief war kurz, aber vermutlich nicht unbedingt schmerzlos:

»Liebe Mama, entschuldige, aber es geht nicht anders.

Sebastian wird dir alles erklären. Bitte gib Conny Bescheid, sofern sie es nicht bereits geahnt hat, dass ich heute Nacht zu meinem Vater fahren werde.«

Den Satz, dass sie sich nicht kümmern solle oder keine Angst zu haben brauche, ersparte ich mir und ihr. Er hätte mehr Wut in ihr entfacht als Beruhigung gebracht. Sie hatte noch keine andere Wahl, als sich zu kümmern und zu ärgern – noch nicht.

Freiheit floss durch meine Adern, als ich die Staatsgrenze überquerte. Das »tapfere Schneiderlein« hatte seine Abenteuerreise begonnen. Hans beziehungsweise Tom im Glück hielt das Lenkrad fest in der Hand.

Hinaus ging es in die Welt, in meinem Fall sogar bis ans Ende der Welt. Finistere, die Gegend, zu der ich aufbrach, hieß tatsächlich übersetzt »das Ende der Welt«.

Auch er, dessen Foto neben mir auf dem Beifahrersitz lag, brach vor vielen Jahren auf, das Ende der Welt zu suchen oder unbewusst vielleicht auch seinen verlorenen Vater, wer weiß?

Außen schien er ja anscheinend alles gefunden zu haben, betrachtete man das romantische Häuschen am Meer. Innen vermutlich nicht, sonst wäre er sicherlich zurückgekommen.

»Das große Geheimnis wird sich hoffentlich endlich klären«, glitten einige Gedanken wie Nebelschwaden an meiner Windschutzscheibe vorbei. Die konnte ich gerade am wenigsten brauchen, stand mir doch eine lange Fahrt bevor.

* * *

»Na, Tom, du hast die letzten Tage viel geschrieben, wie geht's, kommst du voran mit deiner Geschichte?«

»Bitte setz dich, Vater!«

Beide sitzen wir unten am Strand auf einem breiten, großen Felsen, der sanft von den Wellen umspült wird.

»Schau, ich habe dein Foto dabei, das du mir damals geschickt hast.«

»Oho, fast noch faltenfrei! Kannst du dir eigentlich vorstellen, Tom, wie viel Überwindung es mich damals gekostet hat, dir ein Foto von mir zu schicken? Die Angst, dass du mich ablehnst, war fürchterlich groß. Françoise hat mich dazu überredet; wer weiß, ohne sie säßen wir vielleicht jetzt nicht hier. Und wenn ich ganz ehrlich bin, hat sie mir auch geholfen, die dazugehörigen Sätze zu formulieren, nachdem ich zwei Tage lang vergebens versucht hatte, meine Sehnsucht nach dir in Worte zu fassen und dabei stets an meiner eigenen Unsicherheit scheiterte. Du weißt ja, was mich damals quälte.«

»Ja, ich weiß. Dazu wollte ich dich um einen Gefallen bitten.

Könntest du ein paar Seiten darüber schreiben, was dich damals davon abhielt, zu uns zurückzukehren? Es könnte für die Leser meines Buches sehr hilfreich sein, diesen wichtigen Teil aus erster Hand zu erhalten. Mich hat es jedenfalls sehr berührt, als du mir das erste Mal davon erzählt hast. Joshua hat sich ja bereits mit seiner Traumgeschichte verewigt. Mit dir wäre das Dreierteam perfekt – Sohn, Vater und Großvater.«

»Wenn du meinst, gerne!«

»Danke, Vater, und wenn du schon dabei bist, dann wäre es gut, wenn du deine Ansichten über verletzte Krieger auch noch mit einfließen lassen könntest. Du weißt schon, das Hinausziehen in die Welt und so. In der Geschichte habe ich nämlich gerade die deutsche Staatsgrenze überschritten, da könnte das reinpassen.«

»Sicher, mein Sohn! Aber dann musst du damit rechnen, dass meine gesamte Lebensphilosophie zu dieser Thematik aus mir heraussprudelt. Du kennst ja meine Leidenschaft diesbezüglich.«

»Nur zu, nur zu, Herr Dr. der Pädagogik! Übrigens, wo ist eigentlich mein Sohn? Ich hoffe, Sie haben ihn nicht alleine gelassen, Herr Professor.«

»Oh Gott – habe tatsächlich vergessen, was ich dir eigentlich sagen wollte, Tom. Conny ist aus Paris zurück. Sie hatte offenbar großen Erfolg mit ihrer neuen Winterkollektion, glaube ich zumindest. Jedenfalls strahlte eine gute Portion Glückseligkeit aus ihren leuchtenden Augen.«

»Super! Dann lass uns losgehen, das will sie uns bestimmt gerne genauer erzählen.«

»Halt! Bevor ich dir immer frisch verliebten Jüngling gleich beim Aufstieg zum Haus hinterherhechle, gib mir lieber mein Foto. Dann schwelge ich noch ein bisschen in der Vergangenheit und überlege, was ich schreiben werde.«

Ich fliege meinem Glück entgegen, so kommt mir der steile Aufstieg zum Haus gerade vor. Es ist wirklich alles relativ. Der gleiche Weg kann mühselig sein oder leicht, es kommt eben mehr auf die emotionale Stimmung an, mit der man etwas tut, als auf die Situation selbst.

Die nächsten Kapitel oder wie viel er auch immer schreiben wird, überlasse ich nun Herrn Professor Dr. Dr. Haineder. Das wird spannend! Conny und Joshua werden sich über meine Schreibpause freuen. So können wir die nächsten Tage gemeinsam am Meer verbringen.

* * *

Verletzte Krieger

von Stefan Haineder

V or vielen, vielen Jahren war ich Sohn. Vor vielen Jahren wurde ich Vater, und seit einigen Jahren bin ich Großvater. Das, was man gerade ist oder glaubt zu sein, bestimmt die Art des Denkens, des Fühlens und des Handelns.

Eine individuelle Persönlichkeit besitzen zu wollen, sich aus den eigenen Lebenserfahrungen heraus zu definieren, scheint eine starke menschliche Neigung nach Einzigartigkeit und Identität zu sein. Veränderung und Wachstum fordern oft den Verlust der bisherigen Identität, das Loslassen alter Verhaltensmuster und Strukturen. Der Übergang von einem Lebensabschnitt zum anderen, ein Identitätswechsel, ist ein instabiles Niemandsland, in das niemand gern reist. Doch wer es nicht wagt, bleibt, wie er ist. Er bleibt so, wie es mein Vater stets blieb, sich und seinen edlen Prinzipien treu: Beständigkeit, Aufrichtigkeit, Disziplin!

Sein kleiner Junge Stefan wollte stattdessen etwas anderes – ein gütiges Herz. Elf Jahre lang tat er unbewusst alles, um die Liebe des Vaters zu erhalten, alles, damit dieser stolz auf ihn hätte sein können. Niemals hatte er es ihm gezeigt. Niemals wagte er sich über seinen disziplinierten Tellerrand hinaus, um ihm seine Anerkennung zu zeigen; seine Zuneigung. Vielleicht war es für ihn ein bestimmter Erziehungsstil, um seinen Sohn stark zu machen, oder er konnte es einfach nicht. Jedenfalls quälte Stefan ein gewaltiger Hunger, der Hunger nach einem liebevollen Vater.

Dann starb er, zusammen mit meiner Mutter, bei einem Verkehrsunfall. So blieb meine Sehnsucht für immer unerfüllt.

»Ich bin stolz auf dich, mein Sohn«, dieser einzige Satz wäre es gewesen. Er hätte es ja nicht mal aussprechen müssen. Eine

Geste, ein Lächeln hätte gereicht. So nahm er seinen wertvollsten Schatz mit ins Grab – den Segen für seinen Sohn.

Meine Pflegeeltern waren fürsorgliche Menschen, lobten mich und schätzten meine Leistungsfähigkeit. Doch ein Gefühl von emotionaler Sattheit erreichte unsere zwangsläufige Eltern-Kind-Beziehung nie. Der Drang, sich selbst beweisen zu müssen, war damit geboren, der Kampf um die eigene Daseinsberechtigung. Das Streben nach Leistung wurde zum Fass ohne Boden. Ein Bottich der Unzufriedenheit, in den man hineinstecken konnte, was man wollte, er wurde nie voll. So wurde meine Jugend zur unbewussten Suche nach dem verlorenen Glück, das weder in Beziehungen noch in der Arbeit, auch nicht im Hoffnungsanker einer Religion zu finden war. Das erkannte ich aber erst viele Jahre später.

Junge Männer erkennen ihre persönlichen Verletzungen meistens nicht – Verletzungen, die sie in sich tragen, aus denen heraus sie denken, fühlen und handeln. Sie neigen dazu, diese Wunde auf verschiedene Weise zu stillen. Sie kompensieren unbewusst ihre Seelennot. Entweder sie beginnen zu kämpfen oder zu flüchten, oder sie stagnieren und frieren ihre Seele ein; machen sie taub, damit sie die Schmerzen ertragen können.

Die »Kämpfer« sind diejenigen, die Stärke präsentieren und Leistung erbringen, sich stets spüren müssen, um das Gefühl zu haben, am Leben zu sein. Sie werden die Stärksten, die Besten, die Größten – nur der Sieg zählt. Oft erhalten sie Führungsqualitäten zugesprochen, denen jedoch eine solide Basis fehlt. Auch wenn die Fähigkeit, kraftvoll zu führen, bei diesen »verletzten Kriegern« vorhanden ist, bleibt die Frage offen, wohin sie führen? Leider viel zu oft zu einem Untergang von Kultur und Volk.

Die »Flüchter« sind diejenigen, die alles tun, um sich abzulenken. Sie berauschen sich, sie wollen vergessen, was nur kurzfristig gelingt. Sie laufen davon – vor der Verantwortung, der

Realität, der eigenen Kraft. Für den Bau ihrer Luftschlösser opfern sie kostbare Kreativität und Zeit. Nach dem jeweiligen Zusammenbruch träumen sie weiter, von einem besseren Leben.

Und dann diejenigen, die ihre Seele »einfrieren«, taub machen, die nichts mehr spüren wollen. Selbstaufgabe ist die Folge. Sie sind die Schwachen, die Müden, die Zweifler und Unsicheren. Depression und Hoffnungslosigkeit plagt sie. Der Weg aus dieser Seelennot ist wohl einer der mühevollsten, aber durchaus möglich.

Alle drei sind jedoch ein und dasselbe: verletzte Krieger. Und das sind nur einige Varianten aus einer Vielzahl von Kompensationsstrategien. Generation um Generation ist das Streben nach Leistung, nach Stolz und Anerkennung einer der Dreh- und Angelpunkte männlicher Identitätssuche. Ein seelischer Versuch, Wege aus einer Lebenskrise zu finden, von der man nicht mal weiß, dass man sie hat. Alle Wege sind jedoch Verletzungswege und haben endloses Leid zur Folge.

Diesem Mysterium wollte ich auf den Grund gehen, damit meinem Sohn diese qualvolle Bürde erspart bleibt, die ich zwangsläufig weitergegeben hätte, so wie mein Vater das tat und dessen Vater vermutlich auch. Das verletzte Erbe meiner Väter war eine schwere Last. Sie abzulegen und nicht weiterzureichen, war mein oberstes Ziel.

Mein Sohn war inzwischen geboren und ich ein verletzter Krieger, der eine folgenschwere Entscheidung traf. Auf der Suche nach meinem verlorenen Glück verließ ich Frau und Kind. In der Hoffnung, bald wieder zurückzukehren, ein Vater-König zu werden, statt ein verletzter Krieger zu sein, war ich gewillt, wenn nötig bis ans Ende der Welt zu gehen, um meinen Spuk des Unglücklichseins zu beenden. Es war eine Suche nach etwas, von dem ich glaubte, es nur in der Einsamkeit finden zu können, und nur außerhalb eines geregelten Lebens. Doch wie so oft kam es anders als gedacht.

Schuld und Scham

von Stefan Haineder

Drei Jahre waren bereits vergangen, seit dem Tag, an dem ich Frau und Kind verlassen hatte. Das Hinausziehen in die Welt, die Suche nach dem verlorenen Glück, brachte einige lehrreiche Erfahrungen und Begegnungen mit sich. Es war eine äußere Reise in verschiedenste Länder und mit vielerlei Jobs. Zugleich war es eine innere Reise zur Quelle meiner Verletzlichkeit. Dort steckte der Stachel der Verwundung. Und er steckte tief, wie sich bald herausstellen sollte.

Empfindsam zu sein, ist etwas Wunderbares, verletzlich zu sein hingegen ein qualvolles Schicksal. Den Unterschied zu erkennen, ist der Schlüssel zum Glück. Dieser Schlüssel war alles andere als in greifbarer Nähe. Der Wille, ihm Schritt für Schritt näherzukommen, war jedoch bei mir vorhanden.

Dazu war es nötig, das gewohnte Selbstmitleid loszulassen und unangenehme Lebenserfahrungen nicht als ungerechte Bestrafung des Lebens anzusehen, sondern sie in Motivation zu mehr Selbstverantwortung zu verwandeln. Das Schicksal wollte in die Hand genommen werden, indem ich akzeptierte, was mir gegeben war, mit der Zuversicht, das Beste daraus zu machen. Und das Beste war, nach Hause zurückzukehren. Denn genau dort war mein Glück zu finden – inmitten meiner alltäglichen Lebensaufgaben und nicht außerhalb davon.

Mein Vater war gestorben – ja. Meine Mutter war gestorben – ja. Stets über die eigene Not zu jammern, bringt einen nicht weiter. Mein Sohn und meine Frau waren mir sicher böse – auch das war klar. Doch man kann alles zum Guten wenden, wenn man will. Das dachte ich jedenfalls.

Es war an einem Herbstabend. Mit einem Koffer in der Hand blickte ich durchs Wohnzimmerfenster meines ehemaligen Hauses. Dort las eine Mutter gerade ihrem Sohn eine Geschichte vor, eine Geschichte, die ich selbst geschrieben hatte: »Joshua und der Glücksdrache«.

Den Jungen erkannte ich kaum wieder, die Frau fast auch nicht mehr. Beide hatten sich verändert. Sie waren mir fremd geworden. Scham- und Schuldgefühle krochen aus ihrem düsteren Versteck und legten sich wie dunkle Nebelschwaden auf mein Gemüt. Stefan Haineder hatte sich überschätzt, er hatte versagt.

Sein eigenes Glück zu suchen und dabei das Unglück anderer in Kauf zu nehmen, war sicher nicht die edle Haltung eines verantwortungsvollen Mannes. Das Gefühl, ein elender Versager zu sein, glich einem Vulkan aus Bitterkeit und Verzweiflung, der in diesem Augenblick implodierte, statt mich durch eine Explosion aus meiner psychischen Umklammerung zu befreien. Man kann eben nicht alles beenden, was man will oder wann man es will.

Die Zeit musste reif dafür sein und die Persönlichkeit auch. Meine Zeit war es nicht und mein Selbstwertgefühl erst recht nicht. Es fehlte der Mut, nach all dem Leid, das ich verursacht hatte, meinen Geliebten in die Augen zu schauen. Feigheit lähmt jede befreiende Tat. Rückzug war der einzige Weg, der sich für mich an dieser Stelle als gangbar zeigte.

Stefan Haineder schlich mit Scham und Schuld davon und kam nie wieder. Mit gut bezahlten Jobs, die keiner machen wollte, verdiente er sich das nötige Geld, um in den folgenden Jahren ein Häuschen am Meer zu bauen mit einem Zimmer für seinen Sohn – mit der einzigen Hoffnung, dass dieser eines Tages zu ihm kommen und alles gut werden würde.

Im Finistere, in der Bretagne, am Ende der Welt war es gelegen. Das Grundstück hatte ihm ein alter Fischer überlassen, bei dem er am Anfang günstig wohnen konnte. Dafür hatte er ihm in seiner Freizeit die kaputten Netze geflickt. Der Mann war alleinstehend und von der deutschen Hilfsbereitschaft positiv überrascht, deshalb zeigte er sich so überaus großzügig. Vielleicht spekulierte er aber auch darauf, einen tatkräftigen Menschen in seiner Nähe zu haben, um im Krankheitsfall versorgt zu sein. Was auch immer es war, sie beide lebten als wohlwollende Nachbarn nebeneinander und brauchten sich auf eine bestimmte Art gegenseitig.

Die Jahre vergingen. Die Lücke, die nach drei Jahren Trennung bereits entstanden war, klaffte immer weiter auseinander. Es gab keinen sichtbaren Weg zurück. Ein Vater sollte seinen Sohn segnen. Das tat ich jeden Tag durch meine liebevollen Gedanken, doch waren es nur Tropfen auf die heißen Steine des Unglücks.

Der Glücksdrache, mein Brief und letztendlich mein Foto sollten zusammen eine Brücke bilden, auf der mein Sohn, irgendwann, zu mir finden sollte. Ich konnte ihn segnen, ja, aber nur er konnte mir verzeihen. Sobald Verzeihung nicht nur als Wort ausgesprochen, sondern zugleich als Gefühl von Güte und Nachsicht empfunden wird, schmelzen Schuld und Scham dahin wie Eis an der Sonne.

Doch war es möglich, nach all dem, was mein Sohn erleben musste, ein solches Gefühl für seinen Vater aufzubringen? Die große Angst, dass dies nie stattfinden würde, begleitete mich tagtäglich. Einem Vater zu verzeihen, der einen alleine gelassen hat, erfordert das Herz eines jungen Kriegers, der bereit ist, den eigenen Hass zu überwinden.

Verlassene Söhne dieser Welt, gebt euch einen Ruck, öffnet euer Herz! Wenn ihr es nicht schafft, wer dann? Viele Väter warten darauf, glaubt mir, sie zeigen es nur nicht. Sie sind zu stolz oder schämen sich für ihre Schuld. Sie können noch nicht anders. Ich konnte es auch nicht.

Egal, was auch geschehen ist, verzeiht eurem Vater für alles, was er getan oder nicht getan hat, für alles. Auch einem verstorbenen Vater. Er ist näher, als man glaubt. Er tat, was er tat, weil er ein verletzter Krieger war, sonst hätte er es nie getan. Seid wenigstens ihr das, was eure Väter nicht sein konnten – mutig und liebevoll!

Ihr Väter dieser Welt, die ihr glaubt, eure Söhne verachten euch, verstrickt euch nicht in dieses Gefängnis, öffnet auch ihr euer Herz. Macht den ersten Schritt und meldet euch, wie auch immer. Reicht ihnen die Hand, ladet sie ein, zeigt eure Bereitschaft!

Und trifft euch noch der kalte Wind der Ablehnung, dann gebt nicht auf, die Zeit wird kommen, wo es möglich wird, sich zu versöhnen.

* * *

»Fast fertig! So, Tom, hoffentlich interessiert es deine Leser, was dein Vater alles von sich gibt.«

»Da bin ich mir sicher! Deine reichhaltige Schatzkiste an Erfahrungen ist von großem Wert, war sie jedenfalls immer für mich. Bald werde ich dich im vorletzten Kapitel mit meinem alten Golf erreichen, dann bin auch ich fast fertig. Danach folgt nur noch das Kapitel Schicksal. Was meinst du eigentlich mit fast fertig?«

»Na, die Bedeutung des Kriegers und des Königs sowie das Hinausziehen in die Welt müssen noch rein; ausgebrütet in langjährigen Privatstudien am Meer inklusive Sonnenuntergängen.«

»Scherzkeks! Mal was ganz anderes. Françoise hat vorhin angerufen, sie bleibt noch eine Woche länger. Der Arzt meinte, der verstauchte Fuß ihrer Mutter sollte noch geschont werden. Ich soll dir liebe Grüße ausrichten, du sollst sie heute am frühen Abend zurückrufen, so gegen 19 Uhr.«

»Gut! Dann rufe ich die ›Fußpflegerin‹ heute Abend mal an. Hat sie nicht nachgefragt, ob ihr gut von mir versorgt werdet?«

»Doch hat sie, und sie bekam sofort die passende Antwort: Absolument au mieux! Das heißt doch bestens oder?«

»Das kann man so sagen, Tom, ja, und sollte man auch, sonst nimmt sie den nächsten Zug und steht vor der Tür.«

»He, he – hört sich an wie Fast-Beziehungsprobleme?«

»Wer länger als zwanzig Jahre mit einer Frau zusammenlebt, der hat keine Probleme, nur ein paar Schwierigkeiten zwischendrin mit dem Unkraut an unliebsamen Gewohnheiten, die sich hartnäckig durchzusetzen wissen. Das hört sich für dich vielleicht noch etwas befremdend an, für uns ist das anders.

Wir leben in einer gesunden ›Öko-Beziehung‹, in der alles wachsen darf, was lebendig ist, dazu gehören meine spitzen Bemerkungen genauso wie ihre zwanghafte Fürsorge.«

»Das klingt total verrückt, aber schön und ist bereits abgespeichert als Vorwarnung für die Zeit, wenn das Unkraut zwischen Conny und mir mal üppiger werden sollte. Du, Vater, hast du Lust, dass wir heute Abend zusammen fischen gehen, nur wir beide? Es ist Vollmond.«

»Eine gute Idee, mein Sohn, das haben wir ›Schreiberlinge‹ uns wohl redlich verdient. Dann leihen wir uns das neue Motorboot von Pierre, damit wir weiter rausfahren können.«

»Klasse, das machen wir!«

»Übrigens, Tom, dein Roman fiel meiner Neugier zum Opfer. Macht es dir etwas aus, dass er bereits gelesen wurde, bevor er zu Ende geschrieben ist?«

»Im Gegenteil! Was sagst du dazu?«

»Hm, möchte eigentlich nichts dazu sagen, bevor der Schlusspunkt gesetzt ist. Jedenfalls macht es mich stolz, einen Sohn zu haben, der sich so ausdrücken kann wie du! Von wem hast du das eigentlich – mein Kleiner? Komm her! Lass dich drücken!«

Während ich meinen Vater umarme, versammeln sich einige Glückstränen in meinen Augen.

»Großvater! Großvater! Wo bist du?«, stürmt ein Fischer mit seiner Angelrute herein und hätte beinahe die Porzellanvase samt buntem Inhalt vom Tisch gefegt. Verlegen steht er vor uns.

»Ist was Schlimmes passiert, Papa?«

»Keine Sorge, Joshua, Großvater hat erzählt, dass er stolz auf mich ist wegen der Geschichte, das berührt mich gerade.«

»Bist du auch stolz auf mich, Großvater? Hast du meinen Traum gelesen?«

Mein Vater nimmt Joshua in unsere Mitte, legt ihm die Hand auf und sagt: »Ich bin stolz auf deine Traumgeschichte, mein Enkelsohn. Doch höre meine letzten Worte. Sie sind sehr wichtig: Sei tapfer und entschlossen! Lass dich durch nichts erschrecken! Und verliere nie den Mut, egal was kommen mag!«

Wie ein Schatzsucher, der staunend vor seiner soeben geöffneten Schatzkiste steht, funkeln Joshuas Augen.

»Ich habe es immer gewusst, Großvater, dass du der Weise in der Glücksdrachengeschichte bist. Jetzt fällt mir gerade ein weiterer Traum ein, soll ich …?«

»Komm, gehen wir fischen«, fällt ihm Großvater ins Wort, »dann kannst du mir alles erzählen.«

Vater blickt zu mir herüber, so als ob er meine Gedanken lesen könne. Glaubt man Joshua, dann ist er ja ein großer Seher und kann das. Somit hat er sicherlich gesehen, dass in mir bereits das nächste Kapitel abläuft, in dem ich ihm zum ersten Mal begegne und deshalb gerade keine anderen Traumgeschichten in meinem Kopf Platz haben.

»Wo ist übrigens deine Mutter, großer Fischer?«, fragt der Hellseher den vor ihm stehenden Jungen.

»Ach, ja, Mama hat gesagt, ich soll euch ausrichten, dass es heute um 13 Uhr Essen gibt, da sollten wir alle da sein.«

»Gut«, ergreift der ›Alte‹ erneut das Wort, »dann lass uns keine Zeit verlieren.«

Eine Frage muss Joshua zuvor noch loswerden. »Ist Großvater jetzt einer von uns, Papa?«

»Was meinst du, Joshua?«

»Ich meine, einer, der den Phönix kennt?«

»Ja, das ist er sicherlich. Er kennt den Phönix. Da bin ich mir ziemlich sicher.«

Enkel und Großvater blinzeln sich zu wie zwei Geheimnisträger einer Sonderkommission zur Aufdeckung des Mysteriums vom Phönix aus der Asche.

* * *

Ende gut – nicht gleich alles gut

Es war genügend Kindheit verbrannt, der Aschenhaufen war riesig. Die Mutter zu verlassen hatte dabei den größten Anteil. Der Phönix konnte aus seiner Asche emporsteigen. Hoch in den Lüften kreiste er umher. Unten saß ein Junge in einem alten Golf auf dem Weg zu seinem Vater. Er würde zu seiner Mutter zurückkehren, sobald es möglich wäre, das war sicher. Doch dann würde er ein anderer sein, ein junger Mann, sich frei und selbstbestimmend bewegen wie der Phönix am Firmament.

Doch zuvor steuerte er einem anderen Ziel entgegen – der Bretagne. Die Flügel des Phönix trugen ihn sanft über die französische Autobahn. Der Morgen brach an, und er hatte noch nicht geschlafen. Paris umkurvte er großräumig, um nicht im morgendlichen Verkehrsstau zu versinken. Das war auch gut so, denn hierfür hätten seine Fahrkünste wohl noch nicht gereicht. Langsam knurrte es in seinem Magen. Die nächste Raststätte brachte die nötige Entspannung – Croissant und Café. Danach ruhte er sich etwas aus – drei Stunden lang.

Ich erschrak, hatte ich wirklich drei Stunden geschlafen? Es war bereits Mittag. Ausgeschlafen und mit vollem Tank setzte ich die Fahrt fort. Über Le Mans, Rennes und Quimper erreichte ich noch vor Sonnenuntergang die bretonische Küste.

Die Ortschaft, die ich von Vaters Absender abgeschrieben hatte, war anhand einer unterwegs gekauften Straßenkarte recht gut zu finden. Von dort aus gab es nur noch eine befahrbare Straße, die in Richtung Klippen führte. Sie endete an einem kleinen Parkplatz, an dem zwei Autos abgestellt waren.

Das Glück war mir wohlgesinnt, das Schicksal hatte alles bestens organisiert. Ein originelles Holzschild, mit zwei Namen und einem Pfeil darauf – Françoise Tissou/Stefan Haineder – wies auf einen circa 100 Meter langen Fußweg hin, den es noch zu beschreiten galt.

»Tief durchatmen« riet mir eine innere Stimme, was mir half, die langsam aufsteigende Unsicherheit unter Kontrolle zu halten. Träge und schwer schoben sich zwei Beine aus Blei durch den Sand. Gerne hätte mein Selbstvertrauen einen Umweg in Kauf genommen; das wäre leichter gewesen, als zielsicher diesem Haus entgegenzusteuern, das haargenau so aussah wie auf dem Foto (inklusive dem Mann auf der Bank), das ich zum Geburtstag geschickt bekommen hatte. Zweifel und Ängste siedelten sich langsam, aber sicher immer mehr in meiner Bauchgegend an. Und wenn ich tiefer hätte blicken können, auch eine ganze Ladung Wut. Gut, dass es nicht der Zeitpunkt war, dieses emotionale Gebräu genauer zu analysieren, sonst wäre ich vermutlich genau an dieser Stelle umgedreht.

Vater hatte mich noch nicht gesehen. Sein Blick richtete sich aufs Meer, der untergehenden Sonne zu.

Der Weg führte seitwärts ans Haus heran. Urplötzlich öffnete sich ein kleines, instabiles Zeitfenster mit allerlei Fragen. Er war es doch, der gegangen war, nicht ich. Was soll das Ganze eigentlich? Ich soll mich auf den Weg zu ihm machen, weil er nicht kommen kann. Wieso nicht? Sitzt er im Rollstuhl? Nein! Er sitzt auf einer Bank.

Hass stieg auf, wie nie zuvor. Warum war ich nur meiner Sehnsucht hinterhergelaufen, einen eigenen Vater haben zu wollen? Der hat es doch wirklich nicht verdient, dass sein Sohn ihm verzeiht und zu ihm kommt, nach alldem, was er getan hat! Diesen Gefallen werde ich ihm nicht tun, nein, wirklich nicht!

Meine Schritte wurden immer langsamer, bis meine Beine wie angewurzelt zwanzig Meter vor der Bank zum Stillstand kamen.

»Verdammte Sackgasse, wenn ich jetzt umkehre und er mich sieht, stände ich da wie ein Blödmann«, dachte ich, »und in seinen Augen noch als Feigling obendrein!«

Sich in ein kleines Mäuschen verwandeln und abhauen, das wäre es gewesen. Diese Fähigkeit hatte mir Huck leider nicht beigebracht – schade!

Da stand ich nun, zwanzig Meter vor meinem Vater, und war nicht fähig, mich zu freuen. Er hatte meine Schritte anscheinend noch nicht gehört.

»Ja klar«, blitzte ein Gedanke auf, »er ist taub und blind, so muss es sein. Deshalb konnte er nicht zurückkommen!«

In diesem Augenblick wandte er seinen Blick genau in meine Richtung. Wahrscheinlich konnte er Gedanken lesen!

Die Spekulationen in meinem Kopf begannen erst zu schweigen, als er aufstand, mich sah, mich hörte und mir entgegengehen konnte. Alles war ganz normal, so normal, dass ich noch wütender wurde. Er war weder gehbehindert noch blind noch taub.

Weglaufen! Schnell weglaufen! Rein ins Auto und weg! Er weiß ja nicht mal, wer ich bin! Sehr mutige Ideen waren das.

Nach einigen Schritten stand er mit wässrigen Augen vor mir. »Hallo, Tom, es ...« Seine Stimme verlor sich in einem fürchterlichen Schluchzen.

In die Arme nehmen konnte und wollte ich es nicht, dieses Häufchen Elend.

»Selber schuld!« Dieser Gedanke war nicht mehr zu verheimlichen, er stand lang und breit quer über meine Stirn geschrieben, von Zornesfalten unterstrichen.

Eine Frau blickte diesem Jammerlappen vom Haus aus mit einem mitfühlenden Blick entgegen. Nach einigen Minuten, in denen meine Augen nicht wussten, ob sie den Mann vor mir oder lieber die Frau am Haus mit noch mehr bösen Blicken strafen sollten, begann er erneut seinen Satz. So, als ob er ihn fünfzehn Jahre geprobt hatte.

»Hallo, Tom, es tut mir leid!«

Diesmal klappte es. Und diesmal schluchzte ich statt seiner.

Eine übermächtige Liebe zu meinem Vater schwemmte in einem Sturzbach von Tränen das Bittere aus meinen Augen heraus.

Die Frau eilte herbei, eine liebevolle Französin. »Venez«, sagte sie, und nahm uns beide an der Hand, Vater links und mich rechts. Eine verrückte Situation. Beide wurden wir wie zwei begossene Pudel zum Futternapf geführt.

Der Tisch wurde reichlich gedeckt. Obwohl ich nach der langen Fahrt hätte Hunger haben müssen, hatte ich keinen, dafür jedoch unendlichen Durst. Kein Wunder, nach dieser tränenreichen Entladung. Es gab Wasser und Cidre. Ich trank beides.

Die Stimmung lockerte sich schnell, da die Frau die Fähigkeit hatte, durch ihr sanftes Reden eine Art Hintergrundmusik zu erzeugen, die sehr entspannend wirkte. Irgendwie erwartete sie auch gar keine Antwort. Vielleicht ahnte sie bereits, dass ich überhaupt kein Französisch verstand. Mein Vater selbst war sprachlos. Er sah hie und da unsicher zu mir herüber.

Das wundersame Getränk hatte die Wirkung, mein Gesicht langsam zu erhellen. Bald glaubte ich sogar Französisch zu verstehen.

»Gut, dass du gekommen bist, Tom!«, klang eine tiefe, die heikle Situation klärende Stimme über den Tisch.

»Ja, Va...ter, gut, dass ich gekommen bin!«, klang eine hellere zurück, die das Wort Vater noch etwas üben musste.

»Setzen wir uns doch auf die Bank vor dem Haus«, fügte die tiefe Stimme gleich hinzu.

»Ja, setzen wir uns auf deine Bank«, erwiderte die hellere als Echo hinterher.

Den Cidre ließ ich lieber auf dem Tisch stehen und nahm das Wasser mit. Die freundliche Französin, die seine Frau oder Lebenspartnerin zu sein schien, lächelte mich an und sagte: »Übriens, isch eiße Françoise!«

Schmunzelnd lächelte ich zurück und sagte: »Ich heiße Tom!«

Es war Liebe auf den ersten Blick, besser gesagt, auf den zweiten, jedenfalls mochten wir uns.

Die Sonne war inzwischen untergegangen. Das Meer rauschte im Rhythmus des Ein- und Ausatmens. Ich rauschte mit, ich atmete mit und kam zur Ruhe. Das Trotzige in mir hatte sich gelegt, die Freude, jetzt neben ihm zu sitzen, überwog.

Nach so langer Zeit hätte es viele Fragen geben können, doch keiner von uns wollte auf diese »Schiene« des Frage- und Antwortspiels einsteigen. Hier waren wir uns schon mal ähnlich.

Wir genossen das Schweigen, das alles andere als langweilig sein kann, wenn man im Herzen die Fähigkeit des Hörens besitzt. Diese Wellen, die aus einem schweigenden, liebenden Herzen kommen, zu spüren und aufzunehmen, ist oft mehr als oberflächliches Geplapper.

Das Meer rauschte und rauschte, unsere Herzen rauschten und rauschten. Wellen schwappten hin und her. Und zum ersten Mal blickten wir uns tief in die Augen. Er drehte seinen Kopf zu mir. Ich drehte meinen zu ihm.

Jetzt weinten wir nicht mehr, jetzt strahlten wir uns an. Die Sonne war mitten in der Nacht aufgegangen. Hell leuchtete sie zwischen unseren Gesichtern. Das war *er*. Genau so hatte ich ihn mir vorgestellt. Kraftvoll und direkt!

»Gut, dass du gekommen bist, Tom«, flüsterte etwas in diesem Licht.

»Ja, gut, dass ich gekommen bin, Vater«, flüsterte etwas zurück.

Das Wort Vater klang diesmal schon viel besser.

Nach einer Stunde »Herzenrauschen« zeigte er mir das Zimmer für die Nacht. Anhand der Einrichtung war klar, er hatte es für mich bereitet.

»Schlaf gut, mein Sohn«, waren seine letzten Worte, bevor er ging.

»Mein Sohn«, klang noch hundertmal in mir nach, bevor der Schlaf mich in andere Welten gleiten ließ. Dort blieben die dazugehörigen Bilder aus. Die Traumwelt hatte in dieser seligen Nacht, Gott sei Dank, Erbarmen mit mir!

Viele Morgen kamen, genauer gesagt dreiundvierzig. Nach dem ersten rief ich meine Mutter an, damit sie Bescheid wusste, wo ich war. Ein netter Gruß an meinen Vater kam nicht durch den Hörer; doch Erleichterung darüber, dass ich in Sicherheit war und auch noch versprach, zum Schuljahresbeginn wieder zurück zu sein.

Die Zeit verging schnell. Vater brachte mir das Fischen bei, seine Lieblingsbeschäftigung. Fast jeden Tag gingen wir hoch über den Klippen – am Ende der Welt – spazieren. Wir sprachen über vieles, worüber Männer so sprechen, natürlich auch über Mädchen und Frauen, vor allem über meine Conny.

Das Wichtigste für mich war jedoch, meine große Frage beantwortet zu bekommen, warum er nicht zurückgekommen war.

Er tat dies in ähnlicher Weise, wie er es im vorherigen Kapitel beschrieben hat. Trotz aller Erklärung fiel es mir nicht leicht, es auf der emotionalen Ebene anzunehmen. Aus meiner Vernunft heraus war es einleuchtend. Doch wir sind eben nicht nur Vernunft, und genau das wusste er. Deshalb hatte er so große Angst, dass ich ihm nie verzeihen würde.

Es dauerte nicht lange, bis wir eine wohlwollende Beziehung zueinander aufbauten, doch dauerte es ein Jahr, bis meine Empfindsamkeit bereit war, die Heilung meiner Verletzung langsam zuzulassen. Diese Erfahrung öffnete mir den Blick für Verletzungen an sich.

Das Heilende, dasjenige, was uns sowohl im Körper als auch in der Seele gesund macht, war bereits da. Im Körper nennt man es Immunsystem, in der Seele fühlte es sich genauso an. Mein seelisches Empfinden hatte ein Immunsystem. Doch trug ich etwas in mir, was dieses Immunsystem bei seiner Arbeit behinderte. Diese Blockade, dieses Nicht-zulassen-Können von Herzlichkeit, konnte auch das Verzeihen nicht zulassen.

Denn wirkliches Verzeihen besteht nicht nur aus Worten, ist nicht etwas, was man tun kann. Es ist etwas, was geschieht – im Empfindungsvermögen durch unser seelisches Immunsystem. Es ist eine gesundmachende Energie, die das steinharte Herz durchweicht und alle Blockaden löst.

Irgendwann war der Staudamm dann endgültig gebrochen. Das erste Jahr Fachoberschule war erfolgreich zu Ende gebracht – Ferien in der Bretagne bei Vater und Françoise waren angesagt! Eines Morgens, das Meer rauschte leise durchs Fenster, war es so weit. Das Immunsystem hatte es geschafft!

Die Krankheit des »steinharten Herzens« hatte sich aufgelöst, das Verzeihen, »ein liebevolles Herz«, war da. Einfach da! Nichts dafür getan, lediglich den krankmachenden Gedanken keinen Spielraum mehr gelassen, sich zu entfalten.

Dann zu sprechen: »Vater, ich verzeihe dir«, war nur noch Formsache.

»Siehst du«, sagte er lächelnd, »die Liebe hat gesiegt. Und sie siegt immer! Es ist nur eine Frage der Zeit. Und wenn es in einem Leben nicht gelingt, dann vielleicht in einem anderen«, fügte er noch schmunzelnd hinzu.

Jedes Jahr reiste ich aufs Neue in die Bretagne. Wenn nicht gerade mein Vater mir seine Weisheiten ins Ohr flüsterte, dann das Meer. Eindruck verlangt nach Ausdruck! Zu meinem einundzwanzigsten Geburtstag schenkte er mir ein dickes, großes Tagebuch – der Beginn einer intensiven Zeit des Schreibens.

Ob er damals bereits wusste, dass er damit eine Leidenschaft in mir erwecken würde, die später zu meinem Beruf führen sollte, bleibt dahingestellt. Jedenfalls war der Weg zum Journalisten geebnet. Joshua würde dazu sagen: »Der große Seher wusste bestimmt alles im Voraus!«

Sobald man seine Begabungen erkennt und lebt, fließt das Wasser des Lebens leicht. Die Frage nach dem Sinn des Daseins wird sinnlos. Es wäre die Aufgabe der Eltern, solche Begabungen früh zu erkennen und zu fördern, damit blieben ihnen viele Erziehungsprobleme erspart.

An dieser Stelle danke ich Vater und Mutter gleichermaßen. Beide wollten stets das Beste für mich, auch wenn es ihnen nicht so gelang, wie sie es sich gewünscht hatten. Als Kind glaubt man an die Allmacht und Unfehlbarkeit der Eltern, bis man erkennt, dass sie es nicht sind. Diese Enttäuschung zu überwinden, ist erst einmal nicht einfach.

Statt jedoch Vorwurf an Vorwurf zu reihen, gilt es, Selbstverantwortung zu übernehmen, was zugleich erwachsen zu werden bedeutet.

Weder Väter noch Mütter sind perfekt – und man selbst erst recht nicht. Sich dies einzugestehen bedeutet, Sanftheit und Nachsicht zu entwickeln. Eine Tugend, die viele familiäre Verletzungen heilen würde.

* * *

»Schatz, kommst du zum Essen? Joshua und Stefan sind bereits da.«

»Komme gleich! Was gibt es denn heute?«

Im Grunde ist das keine ernsthafte Frage, da die Antwort normalerweise jeder in diesem Haus zu neunzig Prozent bereits kennt. Und prompt kommt der langgezogene Dreiklang aus dem Esszimmer: »Fi-isch!«

»Oh, wunderbar, mal etwas ganz anderes!«, denkt die Ironie.

Immer wieder gemeinsam Fisch zu essen, gehört zum Alltag im

Haus meines Vaters. Es gibt ihn in verschiedensten Varianten und mit den verschiedensten Beilagen – je nachdem, welche Vorlieben der oder die Kochende gerade hat. Auch wenn ich Fisch gern esse, nach den Urlauben in der Bretagne schmecken Würstchen und Pommes vier Wochen lang erst mal wesentlich besser.

»Was hast du eigentlich über mich geschrieben, mein Schätzlein?«, zwinkert Conny kurz in meine Richtung.

»Musst du dann selbst lesen«, grinse ich vor mich hin. »Bin bald fertig, nur noch das letzte Kapitel, dann zeige ich dir die Rohfassung. Im Grunde steht nur drin, wie wir uns getroffen haben, und ich denke, das ist sehr positiv beschrieben.«

»Okay, habe ja genug gelitten, als du plötzlich verschwunden warst. Dafür will ich jetzt mit der Rolle des besten Mädchens der Welt belohnt werden.«

»Wirst du, wirst du wirklich!« Und schon legt sich ein Kuss auf ihre nach Fisch schmeckenden Lippen. »Sehr romantisch!« Die Ironie in meinem Kopf scheint noch immer aktiv zu sein.

»Vater und ich wollen heute Abend hinaus aufs Meer zum Fischen. Der Wetterbericht meldet bald Sturm, darum sollten wir nicht mehr zu lange warten.«

»Ja, heute Abend müsste noch gehen. Wir bleiben nicht so lange draußen«, meldet sich nun der alte Bootsfahrer und Fischer zu Wort, wobei jeder, der ihn kennt, weiß, dass er stets länger draußen bleibt, als er vorher angekündigt hat.

»Wir nehmen das Boot von Pierre, das ist sicherer, falls der Wind die Wellen doch bereits früher aufmischt. Mein Freund hat sich in seinem Alter noch ein neues geleistet. Wie ich ihn kenne, leiht er es uns bestimmt voller Stolz.«

Joshua hebt seinen im Teller hängenden Kopf, wie ein Reh im Gras, um auszuspähen, was noch alles im Umkreis vor sich geht. Vielleicht kommt ja noch der Satz: »Und Joshua nehmen wir dann auch mit.«

Aber das Reh schaut umsonst, so grast es etwas enttäuscht die letzten Krümel vom Teller. Doch es bleibt unruhig und versucht, noch das Beste aus seiner Verliererposition herauszuholen: »Äh, was machen wir dann morgen, wenn es Wind gibt?«

»Wen meinst du mit wir?«, frage ich zurück.

»Mama, du und ich. Wir könnten doch mal den neuen Lenkdrachen steigen lassen, den Mama aus Paris mitgebracht hat, oder?«

»Ja, das könnten wir«, bekommt das Rehlein von seiner Mutter Hilfe, die sich inzwischen groß und stark im Gras aufgestellt hat, um den Tisch abzuräumen und zugleich Unterstützung zu leisten.

»Ja, das machen wir«, kommt eine von mir nicht zu vermeidende Antwort. »Aber übermorgen bringe ich dann meine Geschichte zu Ende. Unser Urlaub ist bald vorbei. Dann sollte sie fertig sein.

Übrigens ... Du, Vater? Lieferst du noch deine Doktorarbeit über die Entwicklung vom Jungen zum Mann ab, die du versprochen hast. Sie könnte dann als sachliche Zusammenfassung das ganze Thema abrunden!«

»Wird gemacht, Chef, dafür bleibt ihr aber als Belohnung noch einen Tag länger als geplant!«

Das Rehlein spitzt die Ohren und fühlt sich mit dieser bestimmenden Aussage des Platzhirschs nun richtig gesättigt.

Wer eigentlich die Chefs sind, die Strippenzieher, lässt sich eindeutig an der stolzen Haltung des Rehs ablesen, das gerade im Kinderzimmer verschwindet, nachdem die Wiese nun ziemlich abgegrast zu sein scheint. Und an der Aussage des Platzhirschs, der beim Hinausgehen nebenbei mitteilt, dass er seine Doktorarbeit handschriftlich bereits fertiggestellt habe und nur noch ein paar persönliche Zeilen dazu schreiben wolle, was er heute am späten Nachmittag erledigen werde.

Vermutlich ist der große Seher ein Schlawiner und hat den herausgehandelten Tag Urlaubsverlängerung für seinen Enkelsohn schon lange geplant, um ihm ein Abschiedsgeschenk zu machen.

Glück gehabt, dass sie beide nicht noch das Bestreben hatten, miteinander zum nächtlichen Fischen zu gehen, sonst säße ich jetzt wohl in der Wüste statt auf einer abgegrasten Wiese.

Das Fazit des Romans, das ich mir für den Schluss aufheben werde, steht fest: Willst du bleiben, wie du bist, dann hüte dich vor schlitzohrigen Sehern, spitzohrigen Träumern und unberechenbaren Gauklern. Sie zünden das Feuer des Phönix, ohne dass du es bemerkst.

»Wann legen wir heute Abend los?«, dringt ein gedämpftes Schreien durchs Fenster, an dem eine sehr bekannte Nase klebt. »So um 21 Uhr?«

Bestätigt durch mein Nicken macht sich Vater auf den Weg in Richtung Autoparkplatz, Joshua an der Hand, der seiner Mutter noch an der Tür zuwinkt, so als ob diese bereits Bescheid wüsste, wo es hinginge.

»Grüßt mir Pierre!«

Dieses weibliche Hinterherrufen verrät, was die beiden vorhaben: das neue Boot anschauen, eine Testfahrt machen und vermutlich auch noch fischen. Genau! Und im Vorbeigehen noch die Angel schnappen. Das gibt's doch nicht!

* * *

Unter den Flügeln des Phönix

von Joshua Melander

Nachdem das Haus abgebrannt, nachdem die vernichtenden Flammen ihres Futters beraubt, nachdem es nichts mehr gibt, was sterben kann, folgt die große Stille.

Nachdem die Buschfeuer sich legen, die Asche das Land bedeckt, kriecht das verschreckte Erdhörnchen aus seiner Höhle. Es guckt um sich und findet nichts mehr. Alles ist tot, alles Leben ausgelöscht!

Es öffnet die Augen weiter als je zuvor, um zu sehen. Es spitzt die Ohren mehr als je zuvor, um zu hören. Alles Bekannte ist weg und Neues noch nicht vorhanden.

Was mein Vater zu Beginn seines Romans schrieb, wurde zu meiner absoluten Realität. Ich weiß nicht genau, wie lange es bei ihm dauerte, bis er aus seiner Höhle heraustrat. Bei mir dauerte es viele, viele Jahre.

Vater und Großvater kehrten von ihrem nächtlichen Fischfang nie mehr zurück. Das Meer hatte sie für immer aufgenommen. Nur das Boot von Monsieur Bornet wurde einige Tage später, dreißig Kilometer südlich von der Bootsanlegestelle entfernt, an den Strand getrieben – wie ein Wunder, ohne einen größeren Schaden erlitten zu haben.

Es war der schrecklichste Morgen meines Lebens! Noch in meinem Bett liegend hörte ich den Lärm peitschender Wellen durch mein Fenster, dessen Läden durch den Sturm hin und her klapperten, als wollten sie mich wecken.

Französisches Stimmengewirr drang durch die Tür, vermutlich aus dem Wohnzimmer im Erdgeschoss. Meine Augen reibend trottete ich hinunter. Dass dort mehrere französische

Polizisten, Großvaters Freund Pierre Bornet und meine verzweifelt dreinblickende Mutter einen Lageplan erarbeiteten, wurde von meinem Bewusstsein rigoros ausgeblendet.

Sofort lief ich in Vaters Schlafzimmer, danach in Großvaters Schlafzimmer, danach hinaus auf den Weg, der zum Meer führte. Meine Augen starrten den steilen Abstieg zur Bootsanlegestelle hinunter, an der Monsieur Bornets Boot hätte liegen sollen. Doch es lag nicht dort!

Obwohl mein Schlafanzug wie eine Fahne im Wind wehte, spürte ich weder Sturm noch Regen. Es war der gleiche Augenblick, mit dem Vater sein erstes Kapitel »Zeit zu sterben« in seinem Buch begann:

Es war nicht gerade angenehm, dieses Gefühl von nasskalter Verzweiflung. Dort stand ich nun, schluchzend die Hände vor mein Gesicht haltend; jammernd, wie ein zurückgelassenes Lamm einer großen Herde.

Wie lange ich in dieser nasskalten Verzweiflung stand, weiß bis heute niemand. Die im Wohnzimmer Diskutierenden hatten den kleinen elfjährigen Jungen nicht aus dem Haus laufen gesehen. Erst als ein Polizist Unterlagen aus seinem Auto holen wollte, entdeckte er das pitschnasse Würmchen, zum Meer starrend. In Decken gehüllt saß ich anschließend stundenlang auf einem Sofa, vor dem ein dramatischer Film ablief. Darin wurde viel telefoniert, schnell und hektisch gesprochen, geweint, gehofft und wieder telefoniert.

Während meine äußeren Augen den Film verfolgten, blickten meine inneren Augen ins purpurrote Land, in dem der Phönix bereits auf mich wartete. Sein Flügel war inzwischen vollkommen geheilt. Diesmal hing etwas bei mir herunter – es war mein Kopf. Er baumelte nach hinten, nach vorne, nach rechts und nach links, ohne einen festen Halt zu haben. Der Phönix wusste sofort, was zu tun war. Behutsam umhüllten seine beiden Flügel dieses wackelige Etwas und gaben ihm den nötigen Halt.

Währenddessen nahm das Leben seinen Lauf, von den ersten Wochen und Monaten trage ich fast keine Erinnerung in mir. Meine Mutter und Françoise regelten die notwendigen Dinge vor Ort. Sie verkauften das Haus und ließen alles zurück, was sie an ihre Liebsten erinnert hätte.

In dieser Zeit übernahmen meine Großmutter und Sebastian die schwierige Aufgabe, sich um mich zu kümmern, was für sie nicht leicht war. Appetitlosigkeit und wortkarges Verhalten waren sie von mir nicht gewöhnt.

Nachdem alle Zelte in Europa abgebrochen waren, nahm mich meine Mutter mit in die Vereinigten Staaten. Dort lernte ich endlich meinen zweiten Großvater näher kennen, der zugleich mein Mentor werden sollte. Er war das Glück im Unglück, ohne den vieles noch schlimmer gekommen wäre.

Gleichzeitig spann eine schützende Seidenraupe still und leise einen samtigen Kokon um den empfindsamen Wesenskern eines elfjährigen Jungen, um ihn das Trauma vom Tod seiner beiden Väter gesund überstehen zu lassen. Ein notwendiger Schutz, der leider auch mein festgezurrtes, emotionales Gefängnis wurde. Die Person Joshua Melander und etwas, das unter den Flügeln des Phönix auf Genesung wartete, ergaben zusammen mein »Ich«, das sich nicht gerade im Einklang mit sich und der Welt fühlte.

Mühsam schleppte sich die Lebenskraft durch meine Adern und ließ so etwas wie Lachen zu einem seltenen Ereignis werden. Zwischendurch machten sich Mutter und Großvater große Sorgen um meine psychische Befindlichkeit. Die Launen meiner Instabilität waren unberechenbar. Oft gab es Tage, an denen die Traurigkeit so sehr an Gewicht zunahm, dass sogar der Phönix Mühe hatte, meinen hängenden Kopf noch aufrecht halten zu können. An solchen Tagen berieten Mutter und Großvater darüber, ob es nicht besser wäre, für mich eine psychotherapeutische Hilfe in Anspruch zu nehmen.

Im Grunde wäre es mir egal gewesen, so wie alles andere um mich herum, aber sie entschieden sich stets aufs Neue, noch abzuwarten, da auch die Pubertät für solche depressiven Stimmungen verantwortlich sein konnte.

Mein intuitives Empfinden wusste im Grunde ganz genau, dass die Zeit kommen würde, in der es mir möglich würde, wieder ins Leben zurückzukehren. So wie auch der Phönix nach geheiltem Flügel in seine purpurrote Heimat zurückkehrte.

Jahre dauerte es, bis sich die Seidenfäden langsam aufzulösen begannen und ich den ersten Schritt hin zu mehr Leichtigkeit tun konnte.

Mit einundzwanzig zog es mich an den Ort zurück, an dem ich meine Gefühle einst auf Eis gelegt hatte, um sie zu einem günstigeren Zeitpunkt wieder auftauen zu können. Ich ging zurück nach Europa, in die Bretagne.

Dort wohnte ich vier Monate lang in einem Gästehaus mit Blick aufs Meer. Die Besitzer dieses Hauses erfuhren erst viel später, dass bei ihnen der Enkel des Vorbesitzers wohnte. Meinen Sommeraufenthalt verdiente ich mir damit, die Fische von Monsieur Bornets Sohn in den umliegenden Fischmärkten zu verkaufen. Hierzu reichte das inzwischen erlernte Französisch gerade aus.

Während dieser Zeit ging ich oft ans Meer und schaute weit hinaus, ob da draußen nicht irgendwann doch noch zwei Männer aus dem Wasser steigen würden. Erst als nach endlosem Hinausschauen die seit vielen Jahren verstopften Tränendrüsen aufweichten und das Leid endlich aus mir herausspülten, überließ ich diesen Ort für immer der Vergangenheit.

Die Mutter meines Vaters, meine Großmutter, konnte ich anschließend noch ein letztes Mal besuchen, bevor sie ihrem Krebsleiden erlag. Die Trauer über den Verlust ihres Sohnes

wurde für sie zu einer unüberwindbaren Hürde mit krankmachenden Folgen. In glücklicheren Zeiten hatten wir sie jedes
Jahr an Weihnachten in Deutschland besucht, worauf sie großen
Wert legte und sich jedes Mal sehr freute. Sebastian blieb bis zu
ihrem Tod ihr tröstender Begleiter.

Vor der Rückkehr in die Vereinigten Staaten nutzte ich noch die
gute Gelegenheit, Herrn Schlebrowski aufzusuchen, um etwas
über Huck zu erfahren. Die Adresse war im Internet leicht zu
finden. Herr Schlebrowski wohnte noch immer im bayerischen
Voralpenland und genoss seine Freiheiten als Rentner. Ich begleitete ihn auf einem Spaziergang, wobei er mir die bayerisch-
polnische Version von Tom Sawyer und Huckleberry Finn erzählte – von meinem Vater und Huck, seinem Sohn. Dieser
wurde übrigens tatsächlich Seemann.

Bevor der Abschied nahte, steckte er mir einen Zettel in die
Tasche. »Hier hast du die E-Mail-Adresse von Huck, vielleicht
kannst du sie ja mal gebrauchen«, sagte er zu mir.

Ahnte er damals bereits, dass das Schicksal meines Vaters
ein Buch werden würde? Wer weiß?

Pünktlich jedes Jahr am Todestag meiner beiden Väter hielt
ich das Manuskript »Aus der Asche des Phönix« in der Hand,
um es aus Ohnmacht und Wut zu verbrennen. Meine Mutter
hatte mir die Entscheidung überlassen, was damit geschehen
sollte.

War es nicht eine Ironie des Schicksals, dass gerade der Sohn
des Autors seinen Vater für immer verlieren musste? Eine Ge-
brauchsanweisung für diesen Ernstfall stand nicht im Manuskript.

»Alles umsonst geschrieben, Vater, alles umsonst, da du mich
auch verlassen hast«, brodelten nach jedem Lesen finstere Gedanken in meinem Kopf.

Wie ein Wunder entging der Roman jedes Jahr den Flammen. Warum er letztendlich überlebte, weiß vermutlich nur der große Seher.

Mein verletzter Krieger wagte es jedenfalls nicht, die Seiten meiner beiden Vorfahren zu vernichten, obwohl sein Hass auf das Schicksal genügend Zerstörungspotenzial dafür gehabt hätte. Vielleicht ließen es Vater und Großvater auch einfach nicht zu, wer weiß?

Obwohl mir die Entscheidung schwergefallen ist, mein persönliches Drama auch noch zu vervielfältigen, steht nun der Entschluss endgültig fest: Der Roman wird veröffentlicht und geht hiermit hinaus in die Welt!

»Denn am Ende siegt immer die Liebe«, sagte einst mein Großvater. Und sie hat tatsächlich gesiegt!

Heute mit achtundzwanzig Jahren, als angehender Regisseur und Drehbuchautor, spüre ich zum ersten Mal genügend Fülle, um den vorigen Satz nicht nur schreiben zu können, sondern ihn auch erfühlen zu dürfen.

Die weisen Worte, die aus einem der vielen Bücher stammen, die mein Leben in den letzten Jahren stützten und begleiteten, scheinen sich zu bewahrheiten. »Wasser sucht sich den Weg, der möglich ist, und verliert sein Ziel, das Meer, nie aus dem Auge.« Nach den vielen holprigen Jahren hat sich ein Weg für mich gefunden.

Das Wasser meiner Begabung fand in meinem Beruf sein Ziel, und der Phönix aus dem purpurroten Land ist dabei mein ständiger Begleiter. Gemeinsam tauchen wir ein in Welten, die niemand zuvor gesehen hat und machen sie für viele Menschen sichtbar.

Erst jetzt, nachdem die Flügel des Phönix meinen Kopf für immer losgelassen haben, erst jetzt ist es möglich, jene Töne in

Worte zu fassen, die mir seit Langem aus unsichtbarer Quelle zugeflüstert werden.

Vielleicht ist es Vater, der endlich seinen Roman mit dem letzten Kapitel »Schicksal« fertigstellen möchte, oder Großvater, der mein ewiges Hadern mit dem Schicksal nicht mehr toleriert, sondern darauf wartet, dass ich es endlich selbst in die Hand nehme.

Schicksal

von Joshua Melander

Zieh dein Schwert, Schicksal, los kämpf mit mir und spüre meine Rache
Du hast geraubt mir beide Väter, die ich so sehr geliebt

Halt ein, verletzter Krieger, und hör mir zu, bevor dein Hass dich selbst zerstört
Was dir geschah, war meine Pflicht – im Auftrag deines Königs
Du warst sehr jung, das ist gewiss, die Last für dich sehr groß
Doch war dein Herz ein Herz aus Gold, bestimmt für große Taten
Doch nur geläutert und gestählt hast du die Kraft, sie auch zu tun
So schickte mich dein König als Schicksal, dich zu prüfen
Genauso ging es deinen Vätern, die dir vorangegangen sind
Ihre Taten waren königlich und dienen dir als Erbe
Bewahre es, zerstör es nicht mit deinem Schwert, dem Hass
Hör endlich auf, mit mir zu kämpfen, und nimm mich fest in deine Hand

Verzeih mir, Schicksal, sage mir, was ist die Botschaft, die du bringst

Die Väter, die du so vermisst, sind näher dir als Hand und Fuß
Form und Zeit vergeh'n im Wind, doch nicht, was dich gezeugt
Ob du sie siehst oder auch nicht, sie führen dich zum König
Die Liebesflamme weist den Weg für jene, die dafür erwählt
Sie läutert dich, sie macht dich stark, doch nur, wenn du mich akzeptierst
Sonst leidest du im Widerstand, bis du erkennst, was Güte ist
Der König drängt, es ist so weit, für Selbstmitleid nun keine Zeit
Es ist der Weg, der zu ihm führt, der steil ist, oft auch schmerzvoll
Dir ist bestimmt, was dir geschieht, nicht weil dich jemand quälen will
Der König prüft, ob du bereit und würdig bist für seinen Thron
Die Kraft der Demut und der Gnade fließt nur in einem reinen Herz
Drum senk dein Schwert, senk deinen Willen und nimm mich an, so wie ich bin
Der dir erzählt, dass ich es sei, das dir das Leid stets bringt

Der ist es selbst, der Unheil sät, so lange, bis du ihn verbrennst
Doch gibt es nur ein einzig Feuer, das stark genug für diesen Zweck
Unsichtbar in dir verborgen brennt es Tag und Nacht
Die Zeit ist reif, schreit' nun heran, empfang den Lohn für deine Qual
Heb hoch das Schwert, wirf es hinein, so wirst auch du ein König sein

Dank sei dir, mein Schicksal, für alles, was du mir gebracht
Ich war zu dumpf, um zu versteh'n, was hinter dem Leide sich verbirgt
Dein edles Ziel ist nun erkannt, das Willensschwert hoch in der Hand
Will ich nun geh'n die Tat vollbringen, die meine Väter einst vollbracht
Und so vereint den Thron erklimmen in königlicher Pracht

Epilog

Das folgende Kapitel über die Entwicklung vom Jungen zum Mann wurde in handschriftlicher Form im Schreibtisch meines Großvaters nach dessen Tod gefunden.

Vom Jungen/Krieger zum Mann/König – von Stefan Haineder

Wachstum und Erneuerung, das große Mysterium des Lebens, wohnt jedem Lebewesen inne. Bäume, Pflanzen, Tiere und Menschen wachsen und entfalten sich. Das Wachsen geschieht von selbst, niemand könnte es erzwingen oder hervorrufen. Es war bereits da, bevor die Lebewesen da waren, und es wird noch da sein, wenn wieder alle verschwunden sein werden.

Das was leicht fällt, das was Freude bereitet, das was glücklich macht, Begabungen, Neigungen, Fähigkeiten – all das ist kostbarstes Lebenselixier. Dieses Potenzial an Genius, diese geistigen Samen eines Menschen, seine ganz persönlichen Qualitäten, werden früher oder später durch das Wachstum zur Entfaltung gedrängt.

Sobald dieser Entfaltungsprozess einsetzt, beginnt der Umbruch, begleitet von instabilen Entwicklungsphasen. Das ins Leben Tretende destabilisiert das im Leben Bestehende. Eine innere Unruhe drängt danach, zu suchen, die Unzufriedenheit über die vorherrschende Situation wächst, eine Vorahnung auf die bevorstehende Veränderung erzeugt latente Nervosität.

Alte Gewohnheiten versuchen zu überleben und sich festzuhalten. Sie erzeugen Selbstzweifel und Misstrauen – Gegenkräfte des Wachstums. Die Folge ist eine instabile, emotionale

Befindlichkeit. Ein innerer Kampf zwischen Bewahren und Erneuern beginnt.

Mittendrin wächst das Pflänzchen einer neuen Persönlichkeit, das versucht, sich auszudehnen und Raum einzunehmen. Es wächst von selbst, gedeiht von selbst, blüht von selbst, ohne dass etwas bewusst dafür getan werden muss. Das Einzige, was getan werden kann und sollte, ist, es nicht zu behindern durch eigene Angst, Unsicherheit und Mutlosigkeit.

Wachstum findet im Verhältnis zur Einschränkung statt. Je weniger Einschränkung, desto größer ist das Wachstum.

Sobald persönliches Wachstum verhindert wird, kommt es zu Problemen und Schwierigkeiten; zu Krankheiten und psychischen Auffälligkeiten. Wachsen ist ein Naturgesetz, das sich entweder durchsetzt oder sich andere Wege sucht, ins Leben treten zu können.

Die Kindheit und Jugend sind eine intensive Wachstumsphase, der Frühling des menschlichen Lebens. Genauso intensiv sind die Problematiken, die Verhaltensauffälligkeiten, die psychischen Unstimmigkeiten und Herausforderungen.
    Es ist eine Zeit, in der die Samen menschlicher Qualität auf Wachstumsimpulse, auf Sonne und Regen – Zuneigung und Abneigung – besonders reagieren und explodieren.

Die Entwicklung vom Jungen zum Mann erfährt im Zeitabschnitt der Pubertät eine gewaltige Dynamik, die anscheinend einem archetypischen Muster folgt, das sich in vielen Geschichten, Mythen und Märchen widerspiegelt. Es ist das archetypische Verhaltensmuster eines Kriegers! Der Kampf und die zum Sieg benötigten Tugenden stehen dabei im Mittelpunkt: Ausdauer, Geschick, Kraft, Flexibilität, Klugheit und Wille.

Egal, wie die Krieger in den Geschichten alle heißen: Arthur, Eisenhans, Siegfried oder tapferes Schneiderlein; sie tragen alle eine gemeinsame Botschaft in sich:

Meist ist es ein Jüngling, der in die Welt hinauszieht, weggeht von dem Ort, an dem er bisher gelebt hat. Er verlässt das Gewohnte, Sichere, Beständige und begibt sich auf seine ganz persönliche Heldenreise. Dort werden ihm Herausforderungen gestellt, die er zu bewältigen hat. Mit genügend Kampfestugenden kann er diese Aufgaben bewältigen. Durch Angst, Unsicherheit und Starre kann er zerbrechen und scheitern.

Wenn der Punkt erreicht ist, an dem seine vorhandenen Fähigkeiten ihre Grenzen erreicht haben oder er verletzt wird, kommt eine Hilfe von außen. In dieser Krise des Versagens erscheinen Zauberer, Seher oder Weise in der Rolle unterstützender und beschützender Personen und bieten ihre Unterstützung an. Sie führen ihn über die Grenzen seiner bisherigen Möglichkeiten.

Durch diese Hilfe gelingt es ihm, trotz Verletzung, in aussichtsloser Situation, seine Herausforderungen zu meistern und zu bestehen. Ein Identitätswechsel kann stattfinden, der ihn vom Krieger zum König werden lässt.

Die Botschaft dieser Geschichten weist auf einen Prozess der persönlichen Reife hin, der in der Entwicklung eines pubertierenden Jugendlichen eine Entsprechung findet.

Die Herausforderungen finden sich in seinen alltäglichen Lebensaufgaben, seiner eigenen Lebensgeschichte, seinem ganz persönlichen Schicksal. Familie, Schule und Gesellschaft sind Konfliktfelder, in denen man sich beweisen und bewähren muss, damit das Leben gelingen kann. Hier findet die ganz persönliche Heldenreise zur Mannwerdung statt.

Dazu gehört es, in der Schule Leistungsfähigkeit zu zeigen, stabile familiäre Beziehungen zu pflegen und sich in die Gesellschaft zu integrieren. Vor allem aber Freunde zu haben und Beziehungsfähigkeit zu erlangen.

Wer diese Heldenreise mit all seinen emotionalen Fähigkeiten besteht, erwirbt Respekt, Stabilität und Anerkennung. Er erkennt seine Begabungen, lebt sie, erbringt Leistung und entwickelt eine kraftvolle und verantwortungsbewusste Lebenshaltung.

Doch oftmals bewältigen Jungen in diesem Alter ihre Lebensaufgaben nicht. Sie scheitern innerhalb der Konfliktfelder der Familie, Schule und Gesellschaft und werden verletzt. In den Geschichten sind es die körperlichen Verletzungen, in der Realität sind es die emotional-seelischen Verletzungen.

Die persönlichen Grenzen werden erreicht und können nicht überwunden werden.

Dafür kann es viele Gründe geben: Gewalt und Unverständnis im familiären Umfeld, Überforderung in der Schule, Minderwertigkeitsgefühl im zwischenmenschlichen Bereich und vieles mehr. Manchmal kommen noch gewisse Schicksalsbegebenheiten erschwerend hinzu.

Herausforderungen, denen ein Junge nicht gewachsen ist, ergeben innere und äußere Konflikte. Die Entwicklung, das Wachstum ist gestört und versucht sich selbst zu korrigieren – durch auffälliges Verhalten.

Auffälliges Verhalten ist somit ein Ausdruck nicht bewältigter Lebensaufgaben. Auffälliges Verhalten ist Ausdruck seiner Verletzung.

Die Entwicklung vom verletzten Jungen als Krieger zum Mann als Schattenkönig beginnt.

Er fühlt, denkt und handelt nicht aus seiner menschlichen Empfindsamkeit heraus, aus seinen Begabungen und Stärken, sondern aus seinen Verletzungen und Handicaps.

Das Ergebnis ist Flucht, Resignation und Rückzug oder Angriff, Aggression und vor allem die Gewalt.

Gewalt ist eine häufige Reaktion der Ohnmacht gegenüber einer aussichtslosen Situation, der Unfähigkeit, persönliche Grenzen überwinden zu können, damit Wachstum geschehen kann – ein Schattenaspekt des verletzten Kriegers.

Gewalt kennt viele Facetten. Eine davon ist die körperliche Gewalt, der sichtbare Ausdruck von Machtmissbrauch.

Moralische Gewalt, weniger sichtbar, aber auch sehr verletzend, wirkt zermürbend und tiefgreifend.

Eine der subtilsten Formen von Gewalt dürfte mitunter die Manipulation sein. Wie der »Wolf im Schafspelz« erreicht sie ihr Ziel, ohne eine sichtbare Spur zu hinterlassen.

Machtmissbrauch und Gewalt sind die Folge einer gescheiterten Entwicklung vom Jungen zum Mann. Es ist das Reich des Schattenkönigs.

Damit ein junger Mann ein erfolgreicher Krieger und König werden kann und kein Schattenkönig wird, ist es wichtig, den Blick auf seine Begabungen zu richten.

Das ständige Bestrafen und Korrigieren seines Fehlverhaltens führt nachhaltig nur dann zum Erfolg, wenn zugleich die Hindernisse beseitigt werden, die seiner Entwicklung vom Jungen/Krieger zum Mann/König entgegenstehen.

Dazu braucht es bewusste Eltern, motivierte Lehrer und Pädagogen und eine Gesellschaft, die junge Krieger nicht nur verurteilt, sondern zugleich ein Verständnis für ihre Problematik bekommt, ein Verständnis für den verletzten Krieger im Jungen.

An dieser Stelle beende ich meine Überlegungen und Erfahrungen zu diesem Thema und überlasse sie meinem Sohn für sein Buch. Möge es ein Beitrag sein, die jungen Krieger an ihre Verantwortung zu erinnern, wahre Könige zu werden, statt sich ins Reich des Schattenkönigs zu begeben. Das bedeutet, seine alltäglichen Lebensaufgaben in die Hand zu nehmen, das endlose Selbstmitleid zu beenden und aus dem, was einem gegeben ist, das Beste zu machen.

Johannes Schmidtner ist seit 30 Jahren in den Arbeitsbereichen Pädagogik, Psychologie und Philosophie tätig. Das Mensch-Sein zu ergründen ist ein Anliegen, das ihn motiviert, stets Neues auf diesen Gebieten zu erforschen und seine Erkenntnisse und Erfahrungen in Büchern und Seminaren mitzuteilen.

Seine berufliche Erfahrung als Erzieher und seine persönliche Erfahrung als Vater von zwei mittlerweile erwachsenen Kindern lehrten ihn der Wandlungsfähigkeit junger Menschen zu vertrauen! Diese Botschaft möchte er den Lesern im Roman *Aus der Asche des Phönix* als Grundton erzieherischer Ausrichtung ans Herz legen und mit auf den Weg geben.

Jonni und der Glücksdrache

»Den Glücksdrachen findet man nicht außen, sondern innen, nicht in der Zukunft und nicht in der Vergangenheit; und kein Weg führt dorthin!« Dies war die geheimnisvolle Botschaft des großen Sehers an Jonni.

Trotz scheinbarer Unmöglichkeit, den verborgenen Drachen zu finden, machte sich Jonni auf die Suche nach seinem verlorenen Glück.

Eine Geschichte mit tiefen Botschaften, um dem alltäglichen Leben einen Funken Drachenkraft zu verleihen.

Geschrieben für alle Kinder und Jugendlichen dieses Planeten sowie für jene Erwachsenen, die den Mut haben, sich von ihrer Empfindsamkeit berühren zu lassen.

Paperback, 40 Seiten, ISBN: 978-3-7386-1961-4

www.lauschkonzerte.org